혜수, 해수

혜수, 해수 1 (큰글씨책)

초판 1쇄 발행 2022년 8월 30일

지은이 임정연
펴낸이 강수걸
펴낸곳 산지니
등록 2005년 2월 7일 제333-3370000251002005000001호
주소 부산시 해운대구 수영강변대로 140 BCC 613호
전화 051-504-7070 | 팩스 051-507-7543
홈페이지 www.sanzinibook.com
전자우편 sanzini@sanzinibook.com
블로그 sanzinibook.tistory.com

ISBN 979-11-6861-081-1 03810

혜수, 해수

① 영혼 포식자

임정연 장편소설

산지니

차례

해수

옷을 입고 거울 앞에 섰다. 검정 슈트의 어깨를 손으로 툭툭 털었다. 현관에서 구두를 신고 마당으로 나섰다. 싸한 아침 공기가 맡아졌다. 마당의 잔디가 아직 푸릇푸릇했다. 대문을 열고 나와 버스정류장을 향해 걸었다.

스웨터를 입은 노인이 개를 데리고 공원 쪽으로 가고 있다. 이 시간쯤이면 늘 보는 풍경이다. 개는 가다 서다 하며 킁킁 냄새를 맡고 그때마다 노인은 허리를 펴고 주위를 둘러보았다. 눈이 마주치자 노인을 향해 가볍게 고개를 숙였다.

버스정류장에 도착해서 하늘을 올려다보았다. 구름이 몇 점 떠 있고 따스한 바람이 얼굴을 스쳤다. 버스가 오자 올라탔다. 의자에 앉아 차창 너머로 흘러가는 거리를 바라보았다. 몇 정거장을 간 뒤 지하철역 앞에서 내렸다.

지하철역 계단 앞에서 할머니가 비둘기에게 모이를 주고 있다. 냄새를 맡고 비둘기들이 계속 날아들었다. 할머니는 구부정한 어깨를 숙이고 앉아 열심히 모이를 뿌렸다. 이윽고 다리가 저린 듯 끙하고 벤치에 걸터앉았다. 그리곤 입가에 옅은 미소를 띠고 모이를 쪼고 있는 비둘기들을 바라보았다. 비둘기들이 구구구 울었다. 계단을 올라가는데 할머니와 눈이 마주쳤다. 다시 가볍게 고개를 숙였다.

통로로 들어서자 출근 시간에 늦은 듯 뛰는 사람이 보였다. 종종걸음 치며 지하철역의 입구로 달려가는 사람도 있었다. 2층의 플랫폼에서 지하철을 기다렸다. 천장의 유리 돔으로 햇빛이 넘실거렸다. 플랫폼의 풍경은 여느 날과 비슷했다. 핸드폰을 보는 사람, 지하철이 오는 방향으로 고개를 꺾고 있는 사람, 이어폰으로 음악을 듣는 사람. 옆의 기둥에 서서 핸드폰으로 뉴스를 훑었다.

중국 XX성에서 신종 바이러스가 발생했다. 신종 바이러스는 사람 간의 전염이 되는 것으로 알려져 있다. 현재 사망자가 늘어나 정부가 총력을 기울이고 있다. 당국은 중국 여행 후 14일 이내 발열 또는 호흡기 증상이 발생할 경우 질병관리본부에 신고할 것을 당부했다. 또한 신종 바이러스 감염증이 전 세계 여러 나라로 확산되자 행동요령과 예방수칙을 마련해 발 빠르게 대응하고 있다. 예방을 위해 흐르는 물에 30초 이상 손 씻기, 옷소매로 가리고 기침하기, 마스크 쓰기 등을 당부했다.

조만간 바빠지겠는데. 작게 한숨을 쉬었다. 사람 간에 전염이 된다고 하니 걱정이었다. 안 그래도 가을 들어서며 일이 늘어 바빠지는데. 거기에 새로운 바이러스까지. 벨 소리가 나며 지하철이 바람을 가르며 들어왔다. 핸드폰을 주머니에 넣고 줄의 맨 뒤로 가서 섰다. 지하철의 문이 열리자 올라타서 안쪽으로 들어갔다. 지하철이 달리기 시작했다. 손잡이를 잡고 서서 옆으로 획획 스쳐 지나가는 풍경을 바라보았다. 선로 옆으로 늘어서 있는 창고 같은 건물들과 주택단지들과 빌딩들을 지나쳤다.

건물들 옆을 달리던 지하철이 철커덩철커덩 속도를 떨어뜨렸다. 창 너머 멀리 넓고 푸른 강이 나타났다. 물결이 이는 강 위를 새들이 크게 원을 그리며 날아갔다. 강물이 둔치를 철썩철썩 때렸다. 강둑으로 빽빽하게 자란 풀들이 바람에 흔들렸다. 누군가 배를 기다리는 듯 등을 돌리고 서 있다. 옷이 세찬 바람에 돛처럼 펄럭거렸다. 지하철이 속도를 내자 강이 뒤로 멀어졌다. 시청역이 가까워지자 출입문 앞에 섰다. 사람들과 섞여 우르르 내렸다. 지하철역을 벗어나 거리로 나왔다.

사무실로 올라가기 전 1층의 커피전문점에 들렀다. 커피를 내리고 있던 종업원이 카운터 쪽으로 왔다.

"안녕하세요. 주문 도와드릴까요?"

"네. 카페라떼 한 잔 주세요."

종업원에게 카드를 내밀며 말했다. 계산을 마친 후 진동벨을 받아들고 소파에 앉았다. 테이블에 몇 사람이 둘러앉아 커피를 마시고 있다. 웃음소리에 섞여 작게 소곤소곤하는 말소리가 들렸다. 편안한 음악이 흘러나왔다. 가게의 조명도 심플하고 군더더기가 없다. 실내의 온도와 습도도 적당했다. 소파에 기대앉아 눈을 감았다. 거리를 달리는 차 소리가 웅웅 울리고 편안하고 아늑했다. 잠깐의 이런 여유가 좋다.

잠시 후 진동벨이 울리자 커피를 받아들었다. 테이크아웃 컵 위에 라떼 아트가 그려져 있다. 오늘은 나뭇잎 모양이었다. 한 모금을 마신 뒤 시간을 보고는 카페를 나왔다.

사무실은 4층에 있다. 엘리베이터에서 내려 복도를 걸어갔다. 구두 소리가 따각따각 울렸다. 우리 부서가 있는 사무실로 들어갔다. 자리로 가서 책상에 커피를 내려놓고 앉았다. 컴퓨터를 켜서 이메일을 확인했다. 오늘은 몇 건이나 될까. 커피를 들고 한 모금을 마셨다. 메일을 읽으면서 남은 커피를 마셨다.

탕비실로 들어가자 복합기에서 서류를 프린트 하고 있던 동료 문규가 돌아보았다. 지익 직. 프린터가 서류를 한 장씩 뱉어내고 있다.

"넌 아직도 프린트 하냐."

"난 이게 편해."

문규가 출력되어 나오는 서류를 한 장씩 추리며 말했다.

"오늘 몇 건이야?"

"오늘 세 건."

"난 다섯 건인데 숫자가 많아. 열 건이야, 열 건."

문규가 옆에 내려놓았던 녹차를 마시며 한숨을 쉬었다.

"그래. 힘들겠다."

"지금 나갈 거야?"

문규가 쳐다보았다.

"응, 수고."

손을 번쩍 들고 탕비실을 떠났다. 자리로 돌아와 소지품을 챙겨 사무실을 나왔다. 다시 지하철을 타러 계단을 올라갔다. 지금은 밖으로 나가는 외선을 갈아타야 한다.

차도를 건너가자 눈앞에 병원 건물이 보였다. 차들이 쌩쌩 달려가고 사람들은 바쁜 듯 서둘러 걸음을 떼었다. 건물로 들어서자 간호사가 종종걸음을 치며 지나갔다. 옆으로 흰색 가운을 입은 한 무리의 남자들이 바쁜 듯 사라졌다. 간병인으로 보이는 사람이 휠체어를 밀고 지나갔다. 핸드폰의 지도를 보면서 걸었다.

병원의 별관 쪽으로 향했다. 215호를 찾아 복도를 따라갔다. 저 앞에 215호가 보였다. 병실 앞에 서서 다시 한 번 호수를 보고 앞에 붙어 있는 이름을 확인했다. 고개를 끄덕였다. 문을 열고 안으로 들어갔다. 6인실 병실이었다. 침대들이 줄줄이 놓여 있는 안쪽을 향해 걸었다. 다른 침대들은 비었고 끄트머리의 침대에 사람이 누워 있다. 그쪽으로 가서 침대 발치에 붙은 이름을 살펴보았다. 맞았다. 핸드폰으로 시간을 보았다. 몇 초가 남아 있다. 곧 카운트다운이 시작되고 잠시 후 알람이 울렸다. 그 소리를 듣고 침대에 누워 있던 사람이 일어나 앉았다. 노인이 어리둥절한 눈으로 주위를 두리번거렸다. 그걸 보고는 나지막한 소리로 노인의 이름을 세 번 불렀다.

"정석환씨."

노인이 소리를 듣고 내가 있는 쪽을 쳐다보았다.

"정석환씨."

"나?"

노인이 눈을 끔뻑거렸다.

"네, 정석환씨."

노인이 침대에서 일어나 스르륵 다가왔다. 그리곤 멍한 눈으로 바라보았다.

"1938년 2월 18일생, 정석환씨가 맞으시죠?"

손에 들고 있는 핸드폰을 들여다보며 물었다. 명부의 이름을 확인하는 절차다.

"제가 정석환인데요."

노인이 눈을 끔뻑이며 대답했다.

"예, 정석환씨는 2019년 9월 17일 오전 10시에 돌아가셨습니다."

"예? 내가 죽었다고요?"

노인이 믿기지 않는다는 듯 눈을 부릅떴다.

"예, 돌아가셨습니다. 저기."

손을 들어 옆을 가리켰다. 방금 노인이 빠져나온 침대에 똑같은 모습의 노인이 누워 있다. 그제야 노인이 놀란 듯 고개를 끄덕였다.

"아, 어째 안 아프다 했더니…"

노인이 멍한 얼굴로 중얼거렸다. 고개를 돌리자 옆의 모니터에 심장박동이 0을 가리키고 있다. 그때 간호사가 병실로 뛰어들어오고 잠시 후 의사가 나타났다. 의사는 맥박을 재고 심장마사지를 했다. 그리곤 제세동기로 가슴에 충격을 주었다. 몇 번을 해도 노인이 깨어나지 않자 의사가 머리를 저었다. 모니터의 파란색 줄은 0을 가리킨 채 삐 소리를 내고 있다. 의사가 손목에 찬 시계를 보더니 말했다.

"오전 10시 5분에 사망하셨습니다."

옆에 있던 간호사가 흰색 시트로 노인의 몸을 덮었다. 노인이 그 모습을 착잡한 표정으로 바라보고 있었다. 누구나 죽음 앞에서는 저런 표정이 나온다. 이 순간 누구도 자기가 죽었다는 게 실감이 나지 않는다. 잠시 기다렸다.

"어떻게 시간도 있는데 가족분들 보시고 가실래요?"

"아, 그래도 돼요?"

"네. 금방 도착하실 것 같으니까 보고 가셔도 돼요."

"아, 고맙습니다."

잠시 후 노인의 가족으로 보이는 사람들이 황급히 병실로 들어왔다. 의사가 가족들에게 노인의 죽음을 설명했다. 자녀들은 슬픈 표정으로 고개를 끄덕였다.

"아이고 아버지…"

아들로 보이는 남자가 침대에 매달린 채 껵껵 울었다. 그걸 보더니 노인이 옆으로 다가갔다. 울지 말라고 어깨를 두드리는데 노인의 손이 쑥 통과되었다. 노인이 움찔하며 손을 허공에 휘저었다.

"정석환씨는 가족들을 볼 수 있지만 가족분들은 정석환씨를 볼 수도 없고 느끼지도 못해요."

"아, 예에."

노인이 손으로 흐르는 눈물을 닦았다. 이제 작별의 시간이다. 노인을 향해 고개를 끄덕였다.

"이제 시간이 됐으니 가실까요?"

"네에."

노인이 허청허청 따라오면서 자꾸 뒤를 돌아보았다. 이제 영영 가족들을 볼 수 없다는 생각 때문인지 계속 눈물을 흘렸다. 병원을 벗어나 차도로 나왔다. 차들이 빵빵거리며 정신없이 내달렸다. 사람들은 모두 바쁘게 스쳐 지나가고 건물의 전광판에서는 광고가 쉴 새 없이 번쩍거렸다.

"근데 전에 들은 거 하고 다르네."

노인이 손으로 눈물을 훔치며 주위를 돌아보았다.

"뭐가요?"

"죽으면 앞에서 환한 빛이 쏟아져 내리고 그 속으로 들어간다고 하던데."

"아아, 그거요."

씨익 웃었다.

"아까 잠깐 느끼지 않으셨어요?"

"아까 잠깐?"

"아까 돌아가시기 전에 잠깐 환한 빛 같은 거 있지 않으셨어요?"

"그랬던 것 같기도 하고…"

노인이 고개를 갸웃했다.

"아, 그게 막 죽으려고 할 때 느끼는 거예요. 원래 이게 살짝 지나가는 단계인데, 잠깐 죽었다 깨어난 사람들이 거기까지만 느끼고 가서 그런 소리를 하는 거예요."

"아아, 그렇구나."

노인이 이해가 간다는 듯 고개를 주억거렸다. 이제 눈물은 말랐다. 마음이 어느 정도 진정된 것 같았다. 비로소 자신이 죽었다는 걸 인정하고 받아들이는 단계다. 이제 노인을 데려갈 준비가 끝났다. 차도를 건너 내선을 타러 지하철역을 향해 걸었다.

노인을 데리고 번잡한 지하철역에서 내렸다. 망자들을 싣고 오는 데다 저승사자들이 타고 나가는 노선이기 때문에 항상 붐

비는 곳이다. 노인이 휘둥그레진 눈으로 사방을 두리번거리고 있다. 계단을 내려와 거리로 나서자 노인이 당황한 표정을 지었다. 자신이 살던 곳과 별반 다르지 않아 놀라는 모습이었다. 대부분의 사람들은 이곳에 내리면 저렇듯 당황스러워했다. 횡단보도의 신호가 바뀌자 나는 노인과 길을 건넜다.

G지구. 회색빛의 단층 건물들이 거리를 따라 늘어서 있다. 반듯반듯 바둑판 모양을 한 건물 위로 햇빛이 빛나고 있다. 노인을 데리고 한 건물로 들어갔다. 앞쪽으로 접수창구가 늘어서 있고 모두 앞에 사람이 앉아있었다. 번호표를 뽑고 차례를 기다렸다.

"여기 잠깐 앉아서 기다리세요."

"여… 여기는…"

노인이 사무실 안을 둘러보며 눈을 끔벅거렸다.

"아, 처음 오시면 여기서 접수를 하셔야 돼요. 오늘은 사람이 많아서 조금 시간이 걸리네요."

한동안 앉아 있자 띵동 하는 소리가 났다.

"아, 저쪽으로 가시죠."

노인을 데리고 번호가 뜬 접수창구로 다가갔다. 앞에 앉은 직원이 미소를 지었다.

"아, 해수씨."

"아, 예. 여기 오신 분요."

노인을 접수창구 앞의 의자에 앉게 했다.

"성함이 정석환씨…"

직원이 서류를 들여다보았다.

"1938년 2월 18일생 맞으세요?"

"예에…"

노인이 고개를 끄덕였다.

"2019년 9월 17일 오전 10시에 돌아가셨네요. 사인은 병사. 맞으세요?"

"예."

"아, 오른손 좀 잠깐 이쪽에 올려주실래요?"

직원의 말에 노인이 굼뜨게 손을 기계 위에 올려놓았다. 잠시 후 삑 하는 소리가 났다.

"예. 등록됐습니다."

노인의 손등 위에 파란색의 문양이 찍혔다. 눈을 끔벅끔벅하는 노인에게 직원이 이어 설명을 했다.

"이곳에 오시면 잠시 여기에 계셨다가 다른 곳으로 가시게 돼요. 일단은 적응 기간이 필요하시니까 여기서 며칠 계셨다가 중간에 한 번 지상도 다녀오시게 될 거예요. 아마, 보자…"

직원이 다시 서류를 보았다.

"발인이 모레 새벽 6시네요. 장례식은 가시지 못하고 여기서 화면으로 보시게 될 거예요."

"예에…"

노인이 입을 벌린 채 고개를 끄덕끄덕했다.

"장례식 때 가셨다가 감정이 격해지셔서 간혹 사고 나는 경우가 있어요. 아직은 적응이 안 된 상태라서 장례는 화면으로 보시고요. 자녀분들, 오시는 분들 다 보실 수 있으실 거예요."

"예에…"

"그리고 여기 계시다가 49재 때 그때 한 번 다녀오세요. 그 뒤에 이곳을 떠나 저승으로 완전히 들어가시게 됩니다."

"그럼 그 담에는 이제는 애들을 못 보게 되나요?"

노인이 궁금한 듯 물었다.

"그건 가시는 데 따라서 조금씩 달라져요."

직원이 씩 웃으며 대답했다.

"그 왜 꿈속에서 조상님이 오셔가지고 뭐 이런 거 있죠? 가셔서 생활 잘하시면 그런 기회를 얻으실 수 있어요. 뭐 결과가 잘 나오고 판정이 잘 나오고 가셔서 생활 잘하시면 한 번씩 그런 기회를 드려요. 자주 가시는 분들은 1년에 몇 번씩 가시고 그래요."

"아…"

"명절마다 가서 제삿밥도 드시고. 또 간혹 다른 일을 하는 분들도 계시고요. 여기 차사님처럼 이런 일을 하시는 분들도 계시고 또 무당 같은 분들을 통해서 왔다 갔다 하시는 분들도 계시니까. 나중에 저승에 가시면 다 분류가 되니까 일단은 49재까지 여기 계시면서 적응하시면 됩니다."

직원이 입가에 미소를 띤 채 설명했다. 노인은 그저 고개를 끄덕이고 있다.

"보자… 일단은 지상에서 쌓으신 포인트가 1500 정도 되시네요."

"많은 건가요?"

노인이 물었다.

"아, 그냥 보통이에요. 에 1500포인트면…"

직원이 말하면서 컴퓨터의 자판을 타닥타닥 두드렸다.

"일단은 원룸 정도 나오네요. 1500포인트면 개인 차량은 안 나와요. 대중교통 이용하셔야 되고요. 오면서 차사님과 타 보셨죠?"

"아, 네…"

"대중교통은 무료입니다. 그 손등의 표식 있으시죠. 그걸 대면 아무 때나 타실 수 있어요. 아, 그리고 도어록도 그 표식만 대면 다 열립니다. 여기서는 그 표식으로 모든 걸 다 하니까 다른 신분증은 필요 없어요. 그리고 혹시나 무슨 검문 같은 게 있어도 그 표식만 대면 됩니다."

"아, 저승도 이렇구나."

"예. 저희도 많이 바뀌었어요. 어차피 지상에서 일어나는 일 저희도 다 보고 받아들이고 하다 보니까 비슷비슷해요. 자, 그럼 계실 곳이…"

다시 직원이 타닥타닥 자판을 쳤다.

"B지구의 정토빌라 2동 11호. 아마 처음에는 대중교통을 통해 이동하셔야 할 거예요. 하지만 나중에 적응이 되면, 생각만 해도 바로 가시게 될 거예요."

"아…"

"그럼 여기 기본 지급품으로 스마트폰 받으시고요. 여기."

직원이 스마트폰을 건네주었다.

"이건 어떻게…"

"아, 그건 저희가 연락하거나 집으로 가시는 데 필요한 길 안내하는 걸로 사용하시면 됩니다. 요 앱 보이시죠?"

스마트폰을 노인의 얼굴 가까이에 대고 설명했다.

"요거 누르시면 지금 가실 빌라의 안내가 나옵니다. 그 안내대로 가시면 되고요. 지하철 타거나 하실 때는 손등의 표식 대면 됩니다."

"아, 네에."

"혹시나 궁금한 게 있으면 거기 통화 버튼 있죠? 그 단추 누르면 바로 저랑 연결되니까 누르고 문의하시면 돼요."

"아, 그럼 전화번호 좀…"

"아, 저희는 그런 거 없어요. 그 통화 버튼 누르면 바로 연결됩니다. 그리고 여기서 생활하시다가 친해진 분이 있어 통화하고 싶으시면 손등의 표식만 대시면 그분하고 통화하는 앱이 바로 설치가 될 거예요."

직원이 미소를 지으며 고개를 끄덕였다.

"아아, 그거 편하네."

"그렇죠? 많은 분들이 만족해 하시더라고요."

"긍게 살아 있을 때보다 더 편혀. 요새 나오는 것들은 뭐가 그리 많은지 정신이 하나도 없는데…"

"안에 가시면 또 복잡해질 수도 있어요. 여긴 잠깐 머무르는 데라 간단해요. 생활하시다 불편한 점이 있으면 언제든 연락주세요. 그럼 망자님 여기 손으로 좀 터치해주시고요."

직원이 눈앞의 화면을 가리켰다. 노인이 몸을 숙여 터치하자 삐 하는 소리가 났다.

"아, 해수씨도 여기 잠깐 터치."

내가 손을 대자 역시 삐 하고 울렸다. 마지막으로 직원이 자신의 손을 가져가 터치를 했다.

"예, 수속 다 끝났습니다. 계시는 동안 편안하고 즐거운 생활 되시기 바랍니다."

직원이 미소를 짓고 고개를 까딱 숙였다. 노인을 데리고 건물 밖으로 나왔다. 그리곤 다시 차도를 건너 지하철역으로 향했다. 느리게 걷는 노인과 보조를 맞춰 계단을 올라갔다. 역의 플랫폼에 서서 노인을 마주 보았다.

"일단 폰의 앱을 실행시켜 보실래요?"

노인이 시키는 대로 앱을 누르더니 화면을 보고 말했다.

"어어, 여기서 저쪽으로…"

손으로 방향을 가리켰다. 같이 그쪽으로 걸었다.

"예. 여기서 타시면 돼요."

잠시 후에 지하철이 와서 멈췄다. 같이 올라탔다. 안에 사람이 띄엄띄엄 앉아 있었다. 노인을 의자에 앉게 하고 나는 서서 갔다. 노인은 이 내선을 타고 종점인 B지구까지 가면 된다. 하지만 난 일을 보러 가기 위해 외선으로 갈아타야 한다.

"전 다음 정거장에서 내립니다. 어르신은 이걸 타고 종점에서 내리시면 돼요. 그 후에는 앱이 가리키는 방향으로 정토빌라까지 가시면 됩니다."

"고마우이."

"아뇨. 뭘요. 그럼 잘 들어가세요."

노인에게 인사를 하고 나서 지하철에서 내렸다. 외선을 타러 가는데 막 도착한 차사 몇이 보였다. 통로에서 어린애가 훌쩍이며 떼를 쓰고 있었다.

"엄마, 엄마, 어딨어."

고래고래 소리치며 떼를 썼다.

"… 어 엄마."

훌쩍훌쩍 울었다. 아이를 데려온 초보 차사는 어떻게 해야 할지 몰라 당황하고 있다. 그때 옆을 지나가던 화정 차사가 아이에게 다가갔다.

"어머, 이게 누구야? 철수잖아."

예쁜 얼굴의 화정 차사가 제 이름을 부르자 훌쩍훌쩍 울던 철수가 그쪽을 쳐다보았다.

"근데 철수가 여기서 왜 울고 있을까?"

"엄마, 엄마 보고 싶어."

아이가 울먹울먹하며 소리쳤다. 또다시 떼를 쓰려는 듯 입을 비죽거리기 시작했다. 그러자 화정 차사가 주머니에서 느리적느리적 사탕을 꺼냈다. 그리곤 아이의 눈앞에 사탕을 들고 흔들었다

"이게 뭐지?"

애가 흘끔 쳐다보았다. 화정 차사가 사탕으로 허공에 원을 그렸다. 아이에게 주문을 걸고 있다. 아이의 눈이 홀린 듯 풀어지며 입이 헤벌어졌다. 화정 차사는 싱긋 웃으며 아이의 손에 사탕을 쥐어주었다. 그러자 아이가 헤 하며 얼른 물었다.

"맛있니?"

"으응… 맛있어."

아이가 멍한 얼굴로 중얼거렸다.

"그래, 우리 철수 착하지. 이 아저씨 말 잘 들으면 언니가 또 사탕 하나 더 줄게."

"으응."

아이가 고개를 끄덕였다. 그리곤 얌전히 초보 차사의 뒤를 졸졸졸 따라갔다.

"언제 봐도 놀라운 능력이야."

떼쓰는 아이를 순식간에 달래는 모습에 절로 감탄이 나왔다.

"어머, 해수씨 있었어? 못 봤네?"

화정 차사가 돌아보며 생긋 웃었다. 순간 머리가 몽롱해졌

다. 재빨리 눈을 감고 혼미한 정신을 맑게 하는 주문을 외웠다. 몽롱한 기운이 사라지고 마음이 차분하게 가라앉았다. 눈을 뜨니 화정 차사가 아쉬운 표정으로 바라보고 있다.

"아, 아깝네. 조금만 더 했으면 해수씨도 넘어올 수 있었는데."

"하여간 서큐버스는 잠시도 방심하면 안 된다니까."

"타고난 걸 어떡하겠어."

화정 차사가 머리칼을 유혹적으로 뒤로 넘겼다. 그리곤 끈적한 눈웃음을 흘리며 통로로 사라졌다. 그 뒷모습을 보고 있는데 문규가 반대편에서 나타났다.

"그새 넘어갔냐?"

"내가 너냐."

"하긴 넘어가는 바람에 3갑자 동안 고생했지만 후회는 안 해."

문규가 한숨을 내쉬며 말했다. 그러니까 서큐버스한테 홀려서 3갑자 동안 시키는 대로 다한 모양이다.

"너도 넘어가 봐. 후회는 안 해."

문규가 짓궂은 얼굴로 웃었다.

"어린애 데려올 때 도움받으면 모를까 그거 아님 관심 없다."

그 말을 하고 나서 문규에게 물었다.

"너 아까 한꺼번에 다섯 명이라며?"

"어. 애들 데려와서 다 처리했어."

문규가 피곤한 듯 목 뒤를 주물렀다.

"애들 어때?"

"뭐, 그저 그렇지. 너는 어때?"

"난 두 건 남아서 내려 가봐야 돼."

"그래. 수고해라."

"수고."

문규에게 손을 흔들고 외선을 타러 갔다.

9월 18일

혜수

"엄마, 지금 몇 시야?"

머리가 부스스한 채 우당탕탕 방에서 뛰쳐나왔다. 주방에 있던 엄마가 돌아봤다.

"어어, 지금… 8시 넘었는데? 너 안 늦었니?"

엄마가 벽시계를 쳐다보며 말했다.

"늦었지."

소리를 빽 질렀다.

"아, 좀 깨워 주지."

"오늘 늦게 나가도 되는 줄 알았지. 네가 안 일어나니까."

식탁을 닦던 엄마가 손을 멈추고 물었다.

"왜 핸드폰 알람 안 울렸어?"

"아, 몰라 몰라 몰라. 스타킹, 스타킹."

고개를 내저으며 사방팔방 두리번거렸다. 어젯밤 12시 넘어서까지 애들하고 톡으로 떠들다가 배터리가 없는 걸 보고 충전기에 꽂아두었다. 그런데 아침에 보니 제대로 꽂지를 않아 충전도 안 되고 알람도 울리지 않았다.

"어, 책상…"

엄마의 말을 듣는 둥 마는 둥 후다닥 방으로 뛰어 들어가 정신없이 옷을 벗어 던지고 교복을 입기 시작했다. 스타킹에 다리를 쑤셔 넣다 말고 밖을 향해 소리쳤다.

"아빠는?"

"오늘 회의 있다고 일찍 가셨는데."

"아, 진짜. 태워달라고 하려고 했는데. 차는? 아빠가 가져갔어?"

"응."

차가 있으면 엄마한테 태워달라고 할 수 있는데, 나 참. 가방을 짊어지고 방에서 총알같이 뛰쳐나와서 운동화에 발을 밀어 넣었다.

"혜수야, 아침은?"

"아, 몰라. 늦었어."

"쉬는 시간에 뭐 좀 사 먹어."

엄마가 돈을 내밀었다.

"알았어."

돈을 낚아채서 주머니에 쑤셔 넣고 번개처럼 집에서 뛰쳐나왔다. 엘리베이터의 버튼을 누르고 초조하게 숫자판을 쳐다보았다. 엘리베이터가 15층에서 내려오고 있다. 아싸. 왠지 오늘은 운이 좋을 것 같았다. 엘리베이터가 12층에 서자마자 부리나케 올라탔다. 얼른 문을 닫고 뒤에 붙어 서서 손가락으로 점을 쳤다. **대흉.** 땡 하는 소리와 함께 엘리베이터가 8층에 서더니 어떤 아저씨가 올라탔다. 바빠 죽겠는데 아저씨는 닫힘 단추도 누르지 않고 그냥 서 있었다. 얼른 손을 뻗어 닫힘 단추를 다다다 하고 눌렀다.

문이 닫히자 다시 부리나케 손가락 점을 쳤다. 8층… 7층… 6층. 땡 하는 소리와 함께 엘리베이터가 섰다. **대흉.** 아, 뭐야. 문이 열리고 학생이 올라탔다. 안 되겠다. 다시 한 번 짚어보자. 손가락 점을 치며 눈은 연신 층 표시를 훑었다. 5… 4… 3… 2. 대흉이 딱 떨어지는 순간 땡, 하는 소리와 함께 2층에서 섰다. 안 되겠다. 엘리베이터의 문이 열리자마자 앞으로 튀어 나갔다. 밖에 보행기를 짚은 할머니가 서 있었다. 할머니는 느리게 느리게 움직였다. 계단을 와다다다 달려 내려가며 속으로 안도의 한숨을 내쉬었다. 역시 계단으로 가길 잘했다. 아파트의 현관문을 저돌적으로 돌파. 숨이 턱에 닿도록 버스정류장으로 뛰었다. 헉헉거리며 정류장에 도착하는 순간 타려는 버스가 막 떠나는 게 보였다.

"아저씨. 아저씨."

버스 꽁무니를 쫓아가며 세워달라고 소리쳤다. 하지만 기사 아저씨는 못 본 듯 그냥 가버렸다. 다음 버스가 언제 오나 안내 모니터를 봤다. 10분 뒤. 뛰자. 가방을 고쳐 메고 다시 학교로 달렸다. 숨을 헐떡이며 겨우 교문 앞에 도착했는데 벌써 문이 닫혀 있다. 교문 너머로 학생부장 선생님의 모습이 보였다. 뒷걸음질로 살금살금 물러나 뒷문으로 갔다. 뒷문을 살그머니 여는데 뒤통수를 뭐가 딱 하고 때렸다. 놀라 돌아보자 학생부장 선생님이 빙글빙글 웃고 있다.

"저 잠깐 밖에 나갔다 오는 길인데요."

눈을 깜박이며 태연한 척했다.

"가방 가지고?"

"아니, 이건… 죄송합니다."

고개를 꾸벅했다.

"너 벌써 몇 번째야?"

선생님이 볼펜으로 머리를 툭툭 쳤다.

"이번 주 첨인데요."

"야, 오늘 월요일이잖아."

"아, 네. 죄송합니다."

다시 꾸벅하고는 재빨리 지각한 애들이 있는 곳으로 뛰었다.

1교시가 끝날 때쯤 짝꿍인 유리에게 귓속말을 했다.

"야, 매점?"

유리가 오케이 하며 뒤를 돌아보며 민주와 채원이를 향해 소곤거렸다.

"매점?"

"오케이. 매점?"

민주와 채원이가 머리를 끄덕이며 혜원이에게 속삭였다.

"콜."

혜원이는 대답하며 벌써 운동화 끈을 묶고 있다. 매점에서 제일 인기 있는 피자빵은 1교시 쉬는 시간에 가야 먹을 수 있다. 그때 지나면 이미 떨어지고 없다. 종이 울리자마자 내가 쏜살같이 튀어 나갔다. 옆을 보자 혜원이가 벌써 저만큼 앞에 달려가고 있다. 복도에서 와글대는 애들을 요리조리 피해 잘도 달렸다. 참 쟤는 항상 말보다는 행동이다. 혜원이는 매점으로 뛰어 들어가 손으로 피자빵을 낚아챘다.

"아싸. 내가 1등이다."

피자빵을 흔들며 자랑스럽게 웃었다. 뒤이어 나와 다른 애들도 소쿠리에 있는 빵을 덥석덥석 집었다. 만세. 바닥에 하나 남아 있는 피자빵은 내 차지였다. 애들이 계산하고 물러나자 나도 피자빵을 들고 아줌마에게로 갔다.

"아줌마, 계산요."

"응. 2,500원."

계산하려고 주머니를 뒤졌다. 어라? 지갑이 안 보였다.

"어라? 어어? 내 지갑."

그 소리에 빵을 입에 가득 문 혜원이가 쳐다봤다.

"뭐야? 지갑 없냐."

"안 가져왔는데. 어? 내가 어디 뒀지?"

당황해서 계속 옷을 뒤지며 갸웃갸웃했다.

"찾아봐."

유리가 빤히 보며 말했다.

"없는데. 야, 네가 좀 빌려줘. 가서 줄게."

유리가 머리를 흔들었다.

"나 내 거 밖에 안 가져왔는데."

"나도."

"나도."

"나도."

애들이 하나같이 머리를 흔들었다. 아줌마가 우물쭈물하고 있는 내게 물었다.

"너 그거 살 거야?"

"아줌마, 외상으로 주심 안 돼요?"

"안 돼. 단골도 예외 없어."

아줌마가 고개를 저으며 위를 가리켰다. 매점 창구 앞에 외상 사절이란 글씨가 떡 하니 붙어 있다. 아줌마에게 도로 피자 빵을 건네주었다. 대흉만 나오더니 정말 일이 안 풀린다. 혜원이는 벌써 빵을 먹어 치웠고, 옆에 있던 유리가 제 빵을 건네주었다.

"내 거 한 입 먹을래?"

"우리 가야 하는데."

민주가 시간을 보며 말했다.

"가자."

애들이 우르르 교실을 향해 뛰기 시작했다. 2교시 수업은 수학. 하필 시작하자마자 숙제 검사부터 했다. 안 했으면 억울하지나 않지. 아침에 허둥지둥 나오느라 숙제를 한 노트를 집에 두고 왔다. 그래서 수업 시간 내내 뒤에 가서 서 있어야 했다. 2교시가 끝나자 혜원이가 물었다.

"너 오늘 안 풀린다."

아침에 지각해, 피자빵 못 먹어, 낌새가 이상했는지 옆의 유리가 돌아봤다.

"일진 안 좋은 날이야?"

"어, 안 좋아. 대흉."

그 소리에 유리가 입을 쩍 벌렸다.

"어떡해. 어떡해."

옆줄의 민주가 그 소리를 듣고 혜원이를 돌아봤다.

"너 저번 달에 대흉이었잖아."

"그날 나 치마 찢어지고 손가락 찢었잖아."

혜원의 대답에 민주가 이번에는 채원이에게 물었다.

"너도 지난주에 대흉이었지?"

"그날 소개팅하는데 완전 폭탄 나왔잖아."

채원이가 떠올리기 싫다는 듯 얼굴을 찡그렸다. 유리가 하얗게 질린 얼굴로 날 쳐다봤다.

"2교시밖에 안 됐는데 벌써 이러면 어떡해?"

"나도 몰라."

고개를 휘휘 저었다.

드디어 점심시간이었다. 진짜 배가 고파 죽을 지경이었다. 아침에 못 먹은 피자빵이 눈앞에 동동 떠다녔다. 헐레벌떡 1층의 식당을 향해 뛰었다. 식당 앞의 샘플에 고기가 있다. 아싸, 대흉인데도 좋은 일이 생기네. 신이 나서 얼른 배식 줄에 가서 섰다. 배에서 꼬르륵 소리가 났다. 4교시 역사 선생은 또 늦게 끝내주었다. 나이가 많고 행동이 느릿느릿한 역사 선생은 수업이 끝나고 인사를 하고 난 뒤 시험 범위를 알려주었다. "125페이지부터 140페이지까진데 거기서 특히 무신정변에서 많이 나올 거니까 잘 봐둬."

주린 배를 움켜쥐고 겨우 식판에 음식을 받았다. 얼른 자리에 앉아 식판의 고기를 포크로 찔렀다. 재빨리 한 입 베어 무는데 비릿한 냄새가 올라왔다.

"에, 이거 뭐야?"

"콩고기잖아."

혜원이가 흘끔 보더니 말했다.

"써놓은 거 안 봤어?"

"안 봤어. 못 봤어."

고개를 푹 숙였다. 내가 싫어하는 콩. 하필 콩고기였다. 내가 얼굴을 찡그리는 걸 보더니 유리가 말했다.

"맞다. 혜수 너 콩 못 먹지?"

건너편의 혜원이가 날 쳐다보았다.

"응, 못 먹어."

"어떡해."

유리가 탄식하자 뒤이어 민주가 장단을 맞췄다.

"어떡해."

"대흉이라 그렇지, 뭐."

"너 안 먹지?"

건너편의 혜원이가 내 식판에 있는 콩고기를 포크로 쿡쿡쿡 찍었다. 그리곤 맛있다는 듯 입에 넣고 우물거렸다.

"요새 잘 나오네. 진짜 고기 같아."

혜원이가 콩고기를 먹어 치우며 씩 웃었다. 입맛이 없어 깨작 깨작 밥을 먹었다. 배추된장국에 콩나물무침과 김치. 밥을 먹어 도 배가 안 불러 식판을 들고 아줌마한테로 갔다.

"혹시 밥 남은 거 있어요?"

"아이구, 오늘따라 밥이 다 떨어졌네. 미안하다. 없어, 애."

"아, 네에."

대답을 한 뒤 애들이 있는 쪽으로 터덜터덜 돌아왔다.

"야, 매점 갈래? 내가 쏠게."

혜원이가 날 보더니 말했다. 그래서 다들 또 매점으로 우르 르 갔다. 그런데 또 단팥빵밖에 없었다.

"아줌마, 빵 안 왔어요?"

"그러게. 점심 전에는 와야 되는데, 오늘따라 늦네."

"야, 어떡해."

유리가 팔꿈치를 툭 쳤다. 애들이 단팥빵을 맛있게 먹는 동안 구석탱이에 남은 식빵을 우적우적 먹었다. 대흉. 정말 안 풀리는 날이다. 하늘을 원망스럽게 올려다봤다. 대체 저한테 왜 이러시는 거예요. 어깨가 축 처진 채 교실로 가며 계속 하늘을 째려봤다.

"기운 내, 기운 내."

유리가 옆에서 말하고 채원이와 민주도 걱정스럽게 쳐다보았다.

"야, 절로 가, 절로 가."

혜원이가 양팔을 뻗어 앞에서 오는 애들을 옆으로 비키게 했다. 교실로 돌아와 의자에 멍하게 앉아 식빵을 씹었다. 꼭 종이 씹는 것 같은 맛이었다. 정말 머리가 텅 비어 아무 생각도 나지 않았다.

"원소 주기율표 다 외웠지?"

5교시 화학이 들어오자마자 물었다. 교실이 조용했다. 화학이 눈을 두릿거리며 교실을 한 바퀴 훑었다.

"오늘 9월 18일이니까."

나는 그냥 넋 놓고 앉아 있었다.

"18번, 강혜수."

"네."

"안 외웠지?"

다 안다는 듯 말했다.

"네."

"서 있어."

의자에서 일어나 뒤로 가서 섰다.

"그럼 혜원이."

화학이 혜원이가 앉아 있는 쪽을 보며 말했다. 그러자 유리가 후유 하며 가슴을 쓸어내리는 게 보였다.

"수소, 헬륨, 리튬…"

하고 줄줄 외웠다.

"어, 잘했어. 다들 외웠지? 그럼 수업하자."

화학이 교탁 위의 책을 펼치며 말했다. 뭐야, 달랑 두 명 시키는데 내가 걸린 거야? 온몸에서 기운이 주욱 빠졌다. 정말 오늘은 멘붕의 날이다.

수업이 끝났다. 얼른 일어나 가방을 어깨에 멨다. 그 순간 가방에서 와르르 물건들이 쏟아졌다. 필통이며 노트가 바닥에 떨어져 사방으로 굴러갔다. 가방을 내려서 보자 지퍼가 열려 있었다. 하아, 정말 진이 빠졌다. 쭈그려 앉아 물건들을 하나하나 담았다.

기운이 빠져 애들과 함께 터덜터덜 학교 언덕을 내려왔다. 하루 종일 힘들어서 애들 옆에서 터덜터덜 걸었다.

"우리 오늘 쇼핑갈까?"

채원이가 애들을 돌아보며 말했다.

"그래, 그래. 오늘부터 밀레 세일 한대."

민주가 눈을 동그랗게 뜨고 말하자 채원이가 고개를 끄덕거렸다.

"맞아, 맞아. 세일 한대."

"난 빼줘."

기운 없이 고개를 저었다.

"나 집에 갈 거야."

"왜? 같이 가자."

유리가 내 팔을 잡아끌었다. 그래서 다시 한번 손가락으로 점을 쳤다. 자, 축, 인, 묘….

"안 좋아."

고개를 흔들었다. 그러자 옆에서 혜원이가 위로랍시고 말했다.

"야, 그거 맨날 다 맞는 거 아니잖아."

"오늘 다 맞았어."

고개를 푹 숙였다. 혜원이가 답답하다는 듯 내게 말했다.

"야, 그거 오늘 다 끝난 거 아냐?"

"아니래."

휘휘 머리를 내저었다.

"야, 기운 내."

혜원이가 등을 툭 치는데 교복 단추가 툭 떨어졌다. 그걸 주우려고 몸을 숙이는데 투두둑 소리가 나며 블라우스의 등이 퍽 터졌다. 그걸 보고 애들이 비명을 질렀다.

"헉."

단추를 집고 보니 가운데가 깨져 있다. 어차피 주워도 쓰지도 못 할 거였다.

"미안해."

혜원이가 사과했다.

"나 갈게."

기운 없는 목소리로 중얼거렸다.

"어어."

"그래."

애들이 눈치를 보며 고개를 주억거렸다. 교문 앞에서 애들과 헤어져 버스정류장까지 터덜터덜 걸었다. 집에 가는 버스가 보이자 올라탔다. 교통카드를 찍으려고 주머니에 손을 집어넣었는데… 지갑이 없다.

"죄송합니다."

기사 아저씨에게 사과하고 얼른 차에서 내렸다. 집까지 또 터덜터덜 걸었다. 아무리 대흉이라지만 정말 기가 막혔다. 이제는 투덜거릴 힘도 남아 있지 않았다. 아파트 단지에 들어서는데 누가 빵빵 하고 경적을 울렸다. 돌아보자 차의 차창이 쑥 내려가며 아빠의 얼굴이 나타났다.

"어, 일찍 왔네."

"오셨어요?"

"아빠 차 대고 올라갈게."

"네."

힘없이 돌아섰다. 엘리베이터의 앞에 서 있는데 10층에서 도통 움직이지 않았다. 한참 만에 내려온 엘리베이터에서는 사람들이 가구를 꺼낸다고 뭉그적거렸다. 휴 한숨을 쉬었다. 가구를 다 꺼내고서야 겨우 엘리베이터를 타고 집으로 올라갔다.

"어, 일찍 왔네."

빨래를 개키고 있던 엄마가 돌아봤다.

"어."

기운 없이 대꾸했다. 그러자 엄마가 눈을 둥그렇게 뜨고 쳐다봤다.

"왜 무슨 일 있어?"

"어, 오늘 안 좋아. 나 그냥 내버려 둬."

고개를 설레설레 저으며 방으로 들어갔다. 침대에 픽 하고 엎어지는데 밑에서 뭔가 딱딱한 게 부딪쳤다. 꺼내 보니 수학 노트였다.

해수

금방 수속을 마치고 나온 아주머니와 함께 밖으로 나왔다.

"예, 그럼 아주머니 안녕히 가세요,"

"아이고 근데 내가 이런 걸 잘 몰라서…"

손을 허우적거리며 팔을 잡았다.

"거기 보시면 다 나와요."

"그럼 이거 충전은 어떻게…"

"저희 건 충전 안 하셔도 돼요. 전혀 그런 거 아니니까 그냥 거기 버튼 누르고 나온 대로만 하시면 돼요."

"아, 나 이런 거 전혀…"

아주머니가 얼굴을 찡그리며 어쩔 줄 몰라 했다.

"다 하세요. 다 쓰실 수 있어요. 아까 80 넘으신 분도 오셨는데 다 하셨어요."

"어어, 나 이런 거 정신없어 못 하는데…"

또 다시 울상을 짓고 쳐다보았다. 누가 대신해주면 안 되나 하는 얼굴로 눈을 깜박이고 있다. 그때 옆을 지나가던 비슷한 나이의 아주머니가 걸음을 멈추고 막 도착한 아주머니에게 말을 걸었다.

"어, 처음 오셨나 봐?"

"아, 네. 그 그."

"나도 며칠 전에 왔는데, 어디서 왔어요?"

"아, 나 도봉동."

"나도 그 옆인데."

"그 옆 어디?"

"방학동."

"어머 어머, 그래도 근처 사람 만나니 반갑네."

두 아주머니는 서로 손을 잡고 좋아했다.

"근데 어디 가?"

막 도착한 아주머니가 폰을 보며 대답했다.

"… 어, A지구 영생빌라라네."

"우리 옆이네. 같이 가."

방학동 아주머니가 손을 잡아끌었다. 두 아주머니는 금세 손을 잡고 지하철역 방향으로 같이 걸어가기 시작했다. 그 뒷모습을 보며 가슴을 쓸어내렸다. 어휴, 살았다. 이제 오늘 할 일은 한 건만 남았다. 스마트폰으로 시간을 보았다. 아직 시간이 충분했다.

발아래 도시가 펼쳐져 있다. 붉은 햇살이 얼굴에 스며들었다. 저녁노을이 붉게 깔리는 하늘 아래로 새들이 끼룩끼룩 울며 날아갔다. 빌딩 뒤로 해가 넘어갔다. 도시에 서서히 어둠이 내리고 있다.

네온사인이 밤하늘의 별처럼 하나둘 돋아났다. 도시는 금세 화려해졌다. 마치 크리스마스 트리를 켠 것처럼 세상이 환해졌다. 알록달록 점멸하는 색색의 네온이 도시에 꽃처럼 피어났다. 밤바람이 재킷 자락을 세차게 펄럭였다. 높은 건물 꼭대기에 서서 세상을 내려다보았다. 발 아래 거리는 색깔 못지않게 소리로 넘쳐났다. 차들이 질주하는 소리, 사람들이 웃고 떠드는 소리, 흥정하는 소리, 후룩후룩 먹는 소리, 싸우는 소리, 비명 소리, 앰뷸런스 소리, 경찰차의 사이렌 소리들까지.

밤이 더욱 깊어졌다. 취객들이 비틀비틀 거리를 떠돌았다. 골목에서 꺽꺽대는 사람, 멱살을 맞잡고 싸우는 사람, 웃고 떠드는 소리들이 도시를 휘돌았다. 자정이 넘은 시각 애들이 학원에서 쏟아져 나오고 있다.

이제 슬슬 일하러 가야 할 시간이었다. 휘릭. 땅으로 쏜살같이 내려왔다. 그리곤 손에 쥔 스마트폰을 보았다. 누군가 오는 기척에 고개를 들자 문규가 저쪽에서 나타났다.

"네가 웬일이냐? 다 끝났다며?"

문규가 옆으로 다가와 물었다.

"응, 이건 내일 일."

"내일?"

"어. 내일. 12시 04분."

내가 말하며 문규에게 핸드폰 속의 명부를 보여주었다. 그러고 나서 문규를 쳐다보았다.

"너 마지막 일이 여기야?"

"응. 11시 59분 정민애. 사인 피살."

"뭐?"

다시 핸드폰 속의 명부를 보았다.

"난 이상열, 남자. 사고사."

"응? 5분 차이면 보통 한 명한테 맡기지 않냐?"

문규가 의아한 듯 쳐다보았다.

"보통은 그렇지."

"뭐지?"

문규가 고개를 갸웃갸웃했다.

"보면 알겠지. 시간 다 됐다."

고개를 들자 골목 저쪽에서 술에 취한 여자가 비틀비틀 걸어오고 있다. 어둡고 한적한 골목에 젊은 여자 혼자다. 문규에게 고개를 돌렸다.

"저기 저 아가씨야?"

"응, 맞아. 위치도 그렇고. 시간이…"

문규가 프린트한 명부를 보며 말했다. 그런데 여자의 뒤에 검은 그림자가 하나 따라가고 있다. 검은 그림자는 여자의 뒤를 따라가며 계속 주위를 두리번거렸다. 두 사람 이외에는 골목에 인적이 없었다. 검은 그림자가 고개를 드는데 가로등 빛에 번쩍 얼굴이 드러났다. 그걸 보고 나는 한숨을 쉬었다.

"그렇게 되는 거네."

"뭐가?"

문규가 돌아보았다. 핸드폰을 들어 명부의 사진을 보여주었다.

"이상열이 쟤야?"

문규가 턱으로 검은 그림자를 가리켰다.

"응. 여자 죽이고 도망가다 사고로 죽는 거네."

"이래서 따로 나온 거였구나."

그제야 문규도 이해가 간다는 듯 고개를 주억거렸다. 살인사건 같은 경우 만약 살인자도 죽을 경우 둘을 같이 데려가지는 않는다. 피해자의 감정과 심리를 생각해서 둘을 분리해서 따로 데려가는 게 보통이다.

"하긴 가해자와 피해자를 같이 데려가면 피해자가 많이 힘들겠지?"

"그래, 수고해라."

"사건은 따로 맡긴 경우 많았잖아. 사고일 때는 같이 가는데 살인범일 때는 같이 가는 게 좋을 일 있겠냐."

"아, 그럼 골치 아프기 전에 난 데리고 먼저 간다."

"혹시 차 시간 모르니까 넌 앞으로 가. 난 뒤로 갈게. 둘이 마주쳐봐야 좋을 거 없어."

그 말에 문규가 고개를 끄덕였다. 그리고는 여자를 쳐다봤다.

"쟤는 오늘이 마지막 날이네. 아직 할 것도 많고, 하고 싶은 것도 많을 텐데…"

안타까운 듯 문규가 중얼거렸다.

"쟤가 뭘 알겠냐. 야, 무당들도 지 죽을 날 모른다잖아."

"걔들 신장이 안 알려줄까?"

"신장? 걔들도 그건 몰라."

"그래?"

"야, 신장 걔들도 기껏해야 연애운, 금전운, 사업운 그런 거지 수명까지는 몰라. 몇 살까지 산다 그런 거 하는 놈 누가 있어?"

"하긴 그건 천기지."

"그래. 우리도 그날이나 아는데 딴 애들이 어떻게 알겠냐. 신장 걔들 훈련받을 때 성적 안 좋았던 애들 아냐. 걔들 수준이 그러니까 점괘가 맨날 들쑥날쑥하지."

둘이 웃는데 문규가 뒤를 보며 말했다.

"야, 시간 된 것 같다."

돌아보자 후드를 머리에 뒤집어쓴 남자가 젊은 여자 뒤로 쓱 따라붙었다.

"그럼 수고해라. 난 그쪽으로 가 있을게."

"그럴래?"

"내 일도 아닌데 굳이 볼 거 뭐 있냐. 야, 잘 좀 달래줘."

"수고."

손을 번쩍 들고 저벅저벅 골목을 빠져나왔다. 걸어가면서 핸드폰으로 오늘 일정을 확인했다. 오늘처럼 외근으로 못 들어간 날은 명부가 스마트폰으로 날아온다. 그런데 오늘 일정이 하나도 없었다. 이상했다. 뭐지? 머리를 갸웃했다. 자시 넘어 수거해갈 영혼의 명부를 왜 어제 받았을까. 그 명부가 하루 전에 나왔다는 것도 이상했다. 그리고 미리 받은 명부 한 건을 빼고는 오늘 일이 없다는 것도. 죽는 사람들이 줄었나? 쓴웃음을 지으며 머리를 갸웃했다. 뭐 올라가서 물어보면 알겠지. 그때 등 뒤에서 어떤 섬뜩한 기운을 느꼈다. 한숨을 내쉬었다. 골목에 빛이 반짝하고는 사라졌다. 뒤이어 탁탁탁 골목을 뛰어오는 발소리가 들렸다. 소리를 듣고 시간을 확인했다. 10초 남았네, 5…
4… 3… 2… 후드가 옆을 스치고 지나갔다. 골목 입구에서 끼이익 하고 차가 급정거하는 소리와 둔탁한 물체가 부딪치는 소리가 들렸다. 돌아보자 차에 치여 쓰러져 있던 후드의 사내가 일어나 두리번거리고 있다. 몸은 바닥에 누워 있고 영혼이 일어나 툭툭 옷을 털었다. 명부를 보고 이름을 불렀다.

"이상열씨, 이…"

사내가 힐끔 돌아보더니 앞으로 쏜살같이 튀어 나갔다. 오늘 일이 새벽에 한 건이라 혹시나 했는데 역시나 하는 생각이 들었다. 쉽지는 않을 것 같았다.

"야, 거기 서."

후드는 힐끔 보더니 미친 듯이 달렸다.

"이상열, 이상열, 이상열."

이름을 부르자 사내가 손으로 귀를 틀어막았다. 그 소리를 들으면 내게 끌려온다는 걸 알고 있다. 사내는 건물을 뚫고 도망을 쳤다. 오늘 죽은 영혼이 건물을 뚫을 수 있나? 이상했다. 이를 악물고 사내를 쫓았다. 이제 손을 뻗으면 닿을 거리로 간격이 좁혀졌다. 그 순간 사내가 뒤를 흘끔 돌아보더니 땅속으로 사라져버렸다. 사내를 쫓아 나도 땅속으로 뛰어들었다.

사내는 지하철 안으로 뛰어들어 마구 사람들을 뚫고 지나갔다. 나는 피해가 가지 않게 사람들을 이리저리 피하느라 속도가 떨어졌다. 그래서 좀처럼 사내를 따라잡을 수가 없었다. 그때 사내가 다시 바닥을 뚫고 들어갔다. 사내를 쫓아 나도 안으로 뛰어들었다. 또 다른 지하철 터널이었다. 사방을 살펴보았지만 사내의 모습이 보이지가 않았다.

터널에 내려앉았다. 어디선가 음산하고 불길한 느낌이 느껴졌다. 다시 땅을 뚫고 아래로 뛰어들었다. 또다시 지하철 터널이 나타났다. 어디로 갔지? 두리번거리다가 다시 땅속으로 뛰어들었다. 그리곤 지하철 선로로 툭 떨어졌다. 세 개의 지하철이 층층이 지나가는 터널이었다. 전기가 흐르고 많은 사람들이 움직이는 탓에 기가 흐트러졌다. 위를 보자 전기선들이 복잡하게 뻗어 있고, 선로에는 계속 전동차가 왔다 갔다 하고 있다. 전자파, 기압, 사람의 몸에서 나오는 파장들이 서로 얽혀 웅웅거렸다. 도망자는 그 혼란을 틈타 어딘가로 숨어버린 듯했다.

주변을 샅샅이 찾아봐도 도망자의 모습은 없었다. 낭패였다. 놈이 보이지가 않았다. 바닥의 구멍과 선로를 뒤지고 물이 졸졸 흐르는 배수로 뒤를 보았다. 기가 계속 흐트러지고 지하철이 오갈 때마다 지맥이 흔들렸다. 놈은 이곳이 안전하다는 걸 알고 있는 것 같았다. 방금 죽은 놈이 이걸 어떻게 알고 도망을 쳤지? 다시 위로 올라와 사내가 마지막으로 사라진 자리에 손을 갖다 대고 기를 빨아들였다. 죽은 자의 영혼은 반드시 데려가야 한다. 그렇지 않으면 악령이 되어 사람들에게 해를 끼치게 된다. 힘든 하루가 될 것 같다.

혜누

2교시 수업이 끝나자마자 뒤에서 누가 툭 쳤다.

"야, 너 진짜 잘 맞힌다."

돌아보자 혜원이가 싱긋 웃고 있다.

"진짜 네 말대로 숙제 검사 안 하는데? 야, 짱."

"야, 혜원아, 노트 노트 노트."

옆에서 채원이가 혜원이를 치며 허둥지둥 소리쳤다. 2교시는 무사히 넘어갔지만 점을 쳐보니 3교시에 또 숙제 검사가 있다. 그걸 알고 애들이 이 난리였다.

"야, 나 숙제 안 했단 말야."

채원이 책상을 두드리며 외쳤다. 나는 그쪽을 힐끔 쳐다보았다.

"야, 송채원, 너 걸리는데."

"뭐? 나 걸리는 거야?"

채원이의 휘둥그레진 눈을 보며 다시 손을 짚었다.

"어, 걸려."

"으악."

채원이가 비명을 지르며 혜원이에게 쫓아갔다. 그리곤 노트를 빌려와 정신없이 베끼기 시작했다. 그러자 딴 애들도 아우성을 쳤다.

"그럼, 나는?"

민주가 물었다.

"유민주, 너도 걸려."

"나도?"

이번에는 유리의 눈이 대문짝만하게 커졌다.

"어."

"히잉."

유리와 민주도 벌떡 일어나 채원이가 베끼고 있는 노트에 달라붙어 서로 머리를 박고 난리가 아니었다. 내가 발을 까딱이며 혼자서 룰루랄라하고 있자 유리가 힐끔 쳐다봤다.

"야, 너 숙제했어?"

"아니."

"근데 왜 넌 안 해?"

"난 안 걸려."

발을 계속 까딱거렸다.

"어제 미리 쳐봤거든."

"그러다 걸리면?"

"보자."

다시 손가락으로 점을 짚었다. 무사통과.

"안 걸리는데."

유리를 향해 혀를 쏙 내밀었다. 3교시 종이 울리자마자 혜원이가 잽싸게 채원이에게 와서 노트를 빼앗았다.

"야, 내놔."

애들은 그동안 베끼느라 녹초가 되어 있었다. 의자에 몸을 축 늘어뜨리고 기대앉았다. 유리가 손이 아픈지 들고 흔들었다.

3교시는 국어 시간. 비쩍 마른 몸에 기미가 까맣게 낀 여자 선생님은 들어올 때부터 기분이 안 좋아 보였다. 평소에도 신경질적인 편인데 오늘은 유난히 곤두서 있다. 별명은 마녀. 마녀는 인사가 끝나자마자 교탁에 손을 짚고 서서 교실을 휘릭 둘러봤다.

"너네 숙제 다 했어? 노트 다 꺼내."

일순 교실이 숨죽인 듯 조용해졌다. 애들이 부스럭거리며 숙제를 꺼내놓았다. 나는 보란 듯 숙제를 책상에 올려놓았다. 마녀는 긴 막대기를 질질 끌고 맨 앞자리로 가더니 숙제 검사를 시작했다. 다음은 옆줄. 거기도 한 명씩 차례차례 검사를 했다. 오늘은 반 전체를 다 할 분위기였다. 그런데 웬일인지 뒷줄로 가면서부터 건너뛰기 시작했다. 중간에 한 사람 검사하고는 건너뛰고 그다음. 마녀가 점점 우리가 있는 쪽으로 다가왔다. 애들은 모두 긴장한 듯 몸이 굳어 있었다. 맨 처음 걸린 것은 유리였다.

"응, 했네."

마녀는 옆줄로 돌아서서 민주의 노트를 검사했다.

"됐고."

그리곤 짝꿍인 채원이의 노트를 들여다보았다.

"야, 반듯하게 좀 써라. 글씨가 이게 뭐냐."

타박하며 획 하고 노트를 책상에 내려놓았다. 마녀가 뒤로 가자 채원이가 가슴을 쓸어내리며 후유 하고 크게 어깨를 들썩였다. 유리가 날 보며 진짜 너 안 걸렸잖아 하며 혀를 내둘렀다.

"역시."

마녀가 혜원이의 노트를 보며 머리를 끄덕끄덕했다. 그리곤 마녀는 막대기를 질질 끌고 교탁으로 돌아갔다.

"다들 숙제 꼬박꼬박 해오는 거 알지? 자, 수업 시작하자."

이제 처형식이 끝났다. 후유. 후유. 여기저기서 한숨 소리가 흘러나왔다. 쉬는 시간에 애들이 내게로 몰려들었다.

"야, 오늘 너 진짜 잘 맞는다."

유리가 입을 딱 벌리고 말했다. 애들이 모두 날 쳐다보았다.

"야. 4교시는?"

"안 해."

"야, 수학은 숙제 없었잖아."

혜원이의 말에 애들이 후유 하며 가슴을 쓸어내렸다. 그제야 한숨 돌린 듯 얼굴이 퍼졌다. 유리가 급식실 쪽으로 고개를 돌리며 말했다.

"오늘 수요일이지? 뭐 맛있는 거 나왔으면 좋겠다."

"야, 한우 나와."

애들이 일제히 나를 돌아보았다.

"진짜?"

"흠흠흠. 냄새난다. 소고기 같아."

혜원이가 코를 벌름거리며 말했다.

"저번 같은 콩고기 아니고?"

유리가 물었다.

"이번엔 아냐."

혜원이가 찹찹 입을 다시며 날 쳐다보았다. 콩고기라면 전부 자기 차지가 될 텐데 아쉽다는 표정이었다.

점심을 먹고 난 뒤 혜원이와 팔짱을 끼고 걸어가며 아이스크림을 먹었다. 순간 어떤 섬뜩한 느낌에 고개를 옆으로 젖혔다.

"야, 왜 그래?"

혜원이가 묻는 그때 내 옆으로 쌩하고 공이 지나갔다. 혜원이가 놀란 듯 날 바라보았다.

"알았냐?"

"그냥. 뭐 찝찝해서."

"야, 너 오늘 신기하다. 소고기도 맞추고."

혜원이가 입을 헤벌리고 쳐다보았다.

"야, 끝났다."

담임이 나가자마자 애들이 종달새처럼 떠들었다.

"너 뭐 할 거야?"

"쇼핑?"

손으로 가방을 정리하면서 옆줄을 향해 소리쳤다.

"송채원, 너 오늘 동대문 흉이야. 가지 마."

"왜?"

채원이가 눈을 동그랗게 떴다.

"안 좋아."

"얼마나?"

"아주 안 좋아."

머리를 절레절레 흔들었다. 그 소리에 민주가 말했다.

"야, 가지 말자. 얘, 오늘 다 맞췄잖아."

민주가 날 보며 채원이를 향해 의미심장하게 고개를 끄덕였다.

"아씨, 오늘 동대문 신상 깔리는 날인데."

채원이의 볼이 부풀었다.

"깔리면 뭐하냐. 너 그제 갔다가 어떻게 됐냐?"

내가 채원이를 돌아봤다.

"죽어라 갔는데 허탕 쳤지."

"그리고 또?"

"그것도 바로 앞에서 채가는 바람에."

채원이가 그날을 떠올리며 입을 비쭉거렸다.

"그것뿐이야?"

혜원이가 쓱 다가와 채원이에게 물었다.

"짜증 나서 충동구매 한 게…"

"한 게?"

"바가지 썼지."

채원이가 입을 실룩이며 한숨을 푹푹 쉬었다.

"그리고 나오는 길에 똑같은 걸 반값에 팔았잖아. 차라리 안 봤으면 몰랐는데."

무지하게 약이 오른다는 듯 채원이가 식식거렸다. 그날도 일진이 안 좋다고 가지 말라고 했는데 한사코 가더니 그 꼴이었다.

"히잉. 옷 입을 거 없는데."

채원이의 입이 비쭉 나왔다.

"야, XX아울렛이 좋다고 나오는데?"

내 말에 채원이가 힐끔 쳐다봤다.

"거기 후지잖아."

입을 툭 내밀었다.

"거기 5층."

"5층은 스포츠 아냐?"

민주가 눈을 깜박였다.

"5층 스포츠 맞아. 거기 브랜드가 좀 있기는 해."

채원이가 약간 호기심이 동하는 표정을 지었다.

"응, 거기."

내가 고개를 끄덕끄덕하자 채원이가 눈을 굴리며 말했다.

"한번 가볼까?"

"가자, 가자, 가자."

유리가 벌떡 일어나 팔을 흔들며 바람을 넣었다.

"그럴까."

"야, 민준 2층이다."

"2층? 5층 아니고?"

민주가 날 돌아봤다.

"응. 2층."

"2층? 아줌마 옷들인데."

채원이가 까르르 웃었다.

"너 아줌마 취향인가 봐."

채원이가 깔깔깔 웃으면서 민주의 등을 때렸다.

"아냐, 아냐."

민주가 억울하다는 듯 손을 내저었다.

"얘는 5층인데 왜 나는 2층이야?"

"몰라. 그렇게 나왔어."

그러고 있는데 혜원이가 몸을 쓱 돌렸다.

"나는?"

"넌… 지하."

"지하?"

혜원이가 무슨 뚱딴지야 하듯 고개를 갸웃하더니 일순 숨을 훅 들이쉬었다.

"그럼?"

갑자기 몸을 부들부들 떨더니 주먹을 쥐고 소리쳤다.

"아싸. 오늘 1킬로 스테이크 덮밥 먹는다."

혜원이가 신나서 팔짝 뛰었다.

"맞아. 거기 지하 식당가였지."

"한 달째 얘기하더니 오늘 소원 성취하나 보네."

신나서 팔짝팔짝 뛰고 있는 혜원이를 보며 유리와 민주가 속닥거렸다. 그 소리를 듣고 내가 피식했다. 혜원이는 딴 애들과 달리 옷이나 쇼핑은 관심 없고 오로지 먹는 거에 목숨 건다. 그리고 또 하나, 공부. 뒷줄에 앉아서 안 하는 것 같은데 우리 중에 제일 잘한다. 그래서 우리는 툭하면 혜원이의 노트를 빌린다.

"야, 근데 너 오늘 손가락도 안 짚었잖아."

"그러네."

무심코 손을 내려다보았다. 그러고 보니 그랬다. 다른 때 같았으면 손가락을 일일이 짚으며 애들의 점을 쳐주었다. 근데 오늘은 그것도 안 했다. 별일이네.

"근데, 어떻게 알았어?"

"그냥. 갑자기 떠올랐어."

"얘 아까 축구공 날아오는 것도 피했어. 보지도 않고."

혜원이가 가방을 싸다 말고 날 흘끔 봤다.

"진짜?"

유리가 놀란 듯 눈을 깜박였다.

"야, 내일 보자."

가방을 어깨에 메고 혼자 픽 교실을 나왔다.

핸드폰으로 게임을 하며 걸어갔다. 버스정류장에 도착하자 타야 할 버스가 기다리고 있어 게임을 하면서 올라탔다. 교통카드를 찍고 핸드폰을 보며 쭉 가서 앉았는데 마침 빈자리였다. 버스는 바로 떠났다. 게임을 하다가 문득 고개를 들자 우리 집 앞이었다. 교통카드를 찍고 버스에서 내렸다. 그리곤 계속 게임을 하며 걸어갔다.

아파트로 들어가자 1층에 엘리베이터가 열린 채 서 있다. 그걸 타고 바로 올라갔다. 게임의 스테이지가 클리어가 돼서 아싸 하고 소리치는데 12층에서 땡 하고 문이 열렸다. 그대로 집으로 들어갔다.

"다녀왔습니다."

현관에서 소리치며 신발을 벗었다. 엄마가 주방에서 저녁 준비를 하고 있었다.

"아빠 저녁 안 드실 건데."

지나가면서 엄마에게 툭 말을 던졌다.

"그게 무슨 소리니?"

"아빠 오늘 술 드시고 오실 거야."

"무슨 안 좋은 일 있으시대?"

"응."

"그래? 아빠하고 전화했어?"

"아니."

고개를 설레설레 저었다. 일순 엄마가 멈칫하더니 나를 쳐다
보았다.

"근데 그걸 어떻게 알아?"

"그냥."

그 순간 엄마의 표정이 딱 굳어졌다. 그리곤 허둥지둥 손을
닦고 내게로 왔다. 엄마가 달려와 팔을 잡았다.

"왜?"

"너 무슨 일 없어?"

"아니. 왜?"

"근데 아빠 일은 어떻게 알았어?"

"그냥… 어, 지금…"

이상하다는 걸 느끼는 순간 몸이 비틀했다. 갑자기 눈앞이
핑그르르 돌며 바닥에 주저앉았다. 엄마가 얼른 손으로 내 이
마를 짚었다. 열이 나는지 엄마의 손이 차갑게 느껴졌다. 엄마
가 핸드폰을 집어 들며 119, 119 하고 중얼거렸다. 그때 엄마가
들고 있는 핸드폰이 울렸다. 엄마가 부리나케 전화를 받았다.

"어 엄마, 왜?"

"혜수한테 무슨 일 있니?"

스피커폰으로 할머니의 목소리가 흘러나왔다.

"아니 엄마가 그걸 어떻게?"

"그거 병원 가도 소용없다. 내가 금방 갈게."

할머니가 소리치며 전화를 끊었다. 엄마가 다급하게 부른 119 구급대의 차에 실려 병원으로 갔다.

응급실에 누워 삐이익 삐이익 하는 모니터의 소리를 듣고 있었다. 간호사들이 얼음팩을 몸에 잔뜩 올렸다. 팔에는 수액이 뚝뚝 떨어졌다. 그런 노력으로 열이 40도에서 39도로 떨어졌다. 하지만 더 이상 떨어지지는 않았다. 침상에 누워 땀을 뻘뻘 흘리며 숨을 헐떡이고 있었다.

"이런 경운 처음 보는데…"

의사가 중얼거리는 소리가 났다. 간호사들이 우왕좌왕하고 있는데 할머니의 얼굴이 보였다.

"어 엄마가 여긴 어떻게…"

"비켜봐."

엄마가 한쪽으로 물러나자 할머니가 내게 쓱 다가왔다. 할머니의 손이 이마를 짚었다. 그 차가운 느낌에 몸을 부르르 떨었다. 할머니는 내 이마에 손을 짚은 채 중얼중얼 뭔가를 읊었다. 의사와 간호사가 어리둥절한 눈으로 침상 쪽을 보고 있다.

"저 환자분하고는…"

"저의 어머니세요."

엄마가 대답하는 소리가 들렸다.

"아, 그러세요."

몽롱한 가운데 몸이 편해졌다. 의사가 모니터를 보고는 말했다.

"아, 이제야 약이 듣나 보네요."

"아아, 네."

엄마가 고개를 숙였다. 열이 떨어지자 숨쉬기가 편해서 살 것 같았다. 할머니가 의사에게 말하는 소리가 들렸다.

"애를 집으로 데려가도 될까요?"

"아, 네. 뭐 이제 안정됐으니깐요. 두어 시간 지켜보고 이상 없으면 퇴원하셔도 됩니다."

몽롱한 상태에서 다시 엄마와 할머니의 목소리가 들렸다.

"엄마, 혹시?"

"신열이다."

할머니가 내 옷을 들추고 뭔가를 넣었다. 그러자 숨쉬기가 편해지며 졸렸다.

"일단 급한 불은 껐는데 오래 가진 못할 거다."

"그럼 어떻게…"

엄마의 목소리가 떨렸다.

"내림굿해야지."

엄마가 헉하는 소리를 냈다.

"얼른 준비해라."

"… 알겠어요."

엄마의 목소리가 툭 떨어졌다.
"난 먼저 준비하고 있으마."
할머니가 병실을 나섰다.

해수

책상에서 일을 하고 있는데 인터폰이 울렸다. 컴퓨터에서 눈을 떼며 수화기를 집어 들었다.

"네. 정해수입니다."

"예, 정 차사님. 추격 1팀에서 호출입니다."

수화기 너머에서 목소리가 흘러나왔다.

"네, 알겠습니다."

하던 일을 중단하고 자리에서 일어섰다. 추격팀이라. 그곳에서 연락이 올 거라고 예상은 하고 있었다. 그런데 1팀이라. 1팀은 놓친 혼령들 중에서 악령을 전담하는 부서다. 그곳에서 호출하는 일은 이제껏 없었다. 서둘러 사무실을 빠져나와 엘리베이터에 올랐다. 엘리베이터에서 내리자 파란 양탄자가 깔린 복도가 나타났다. 양탄자에 구두 소리가 빨려 들어갔다. 금빛 플레이트 위에 추격 1팀이라고 써진 방의 문을 열었다.

"아, 정 차사님."

안쪽의 책상에 서너 명의 남자들이 둘러앉아 있었다. 앞쪽에 앉아 있던 몸집이 작고 마른 남자가 들어오는 나를 향해 손짓했다. 추격 1팀의 노 팀장이었다.

"그쪽으로 앉으시죠."

노 팀장에게 고개를 꾸벅하고는 빈 의자로 가서 앉았다. 건너편에 앉아 있던 금테 안경의 남자가 날 쳐다보았다.

"차사님이 업무를 하신 지가 12갑자가 넘으셨죠?"

"네, 그렇습니다."

"그동안 인도하신 혼령이 8만 명이 넘네요?"

남자가 서류를 넘기며 물었다.

"예. 8만 3천5백3십 명입니다."

"그동안 인도하지 못한 경우가?"

"없습니다. 이번이 처음입니다."

아랫입술을 꾹 깨물었다. 아직도 그 생각을 하면 분했다.

"이번 혼령이 다른 혼령과 다른 점이 있었나요?"

금테 안경이 날 쳐다보았다.

"있었습니다."

고개를 끄덕였다.

"보통 처음 망자의 이름을 부르면 사자를 쳐다보는데 이번 혼령은 이름을 부르자마자 귀를 막고 도망을 쳤습니다."

"귀를 막고 도망쳤다?"

"예. 사자의 호명을 듣지 않으려고 두 손으로 귀를 막았습니다."

"귀를 막은 거 외에 다른 점은 없었나요?"

"있었습니다."

"어떤 점이?"

"도주할 때는 건물을 통과해서 도주했습니다."

"건물을 통과했다?"

"예. 자신이 통과할 수 있다는 걸 알고 있듯이 거침없이 건물을 통과해서 도주했습니다."

머리를 끄덕이며 설명했다.

"자세한 내용은 보고서를 올렸습니다만…"

"예. 보고서는 봤습니다. 직접 본인에게 확인하고 싶어서요."

남자가 머리를 끄덕이며 입을 열었다.

"차사님이 가져온 혼령의 흔적을 조사해보니 추격팀의 악령 하나와 패턴이 일치하는 것으로 나타났습니다."

남자는 앞에 있는 태블릿의 단말기를 내가 볼 수 있도록 돌려놓았다.

"그럼?"

"예. 이번에 인도하지 못한 혼령은 악령이었습니다."

"방금 죽은 혼령이 악령이 되는 경우도 있나요?"

의아한 생각에 남자에게 되물었다.

"방금 죽은 혼령이 악령이 되지는 않습니다."

남자가 고개를 저었다.

"이번 혼령의 경우 살아 있을 때 악령에게 들려 있었던 것입니다. 혼령은 이미 악령에게 먹힌 상태였죠. 그래서 죽자마자 바로 악령이 된 겁니다."

"그렇다고 해도 어떻게?"

다시 의문이 들었다.

"이 악령은 벌써 5갑자 넘게 도망 다닌 놈입니다. 그동안 살아 있는 사람들의 몸에도 여러 번 들어갔습니다."

"아아, 그래서 그렇게…"

중얼거리며 고개를 주억거렸다.

"그렇습니다. 죽기도 여러 번 죽었죠. 그래서 차사님이 경험하신 것과 같은 상황에 익숙한 겁니다."

"예."

우리가 있는 쪽으로 어떤 남자가 걸어왔다. 그리곤 노 팀장에게 보고했다.

"팀장님. 브리핑 준비됐습니다."

"그래? 차사님도 같이 가시죠."

노 팀장이 자리에서 일어서며 날 보고 말했다. 금테 안경을 쓴 남자와 노 팀장과 함께 사무실을 나와 건너편의 회의실로 들어갔다. 서로 마주 보고 길게 놓여 있는 테이블 앞에 추격 1팀의 팀원들 십여 명이 앉아 있었다. 앞에는 스크린이 있다. 우리도 자리에 앉았다.

"자, 그럼 시작하지."

노 팀장의 말에 발표자가 앞으로 나와 브리핑을 시작했다.

"그럼, 2019년 9월 19일 영등포에서 발생한 영혼 도주 사건에 대해서 조사한 것을 말씀드리겠습니다. 당일 사건을 목격한 정해수 차사님의 보고에 따르면, 망자 이상열은 사망 즉시 차사의 호명을 거부하고 도주하였습니다. 여기서 주목할 점은 차사의 호명에 차사를 돌아보지 않은 점, 차사의 호명을 듣지 않으려고 귀를 막은 점, 차사가 호명할 여유를 주지 않으려는 듯 즉시 도주를 한 점입니다. 이는 망자의 혼령이 사망과 그에 따른 과정을 이미 알고 있었다는 사실을 보여주고 있습니다.

이러한 사실은 혼령이 도주하는 과정에서도 나타납니다. 혼령은 도주 시 아무런 망설임 없이 건물과 사람들을 통과해 도주하였다고 합니다. 대부분의 혼령들은 사물을 통과할 수 있다는 것을 알면서도 익숙해지기 전까지 통과하길 주저합니다. 하지만 이번 사건의 경우 망자의 혼령은 방금 사망한 상태에서 건물과 사람을 통과하여 도주하였습니다. 이는 망자의 혼령이 사물을 통과할 수 있다는 사실을 알고 있었으며, 사물을 통과하는 것에 익숙한 상태라는 것을 보여줍니다.

이러한 결과는 망자가 생전에 악령에 빙의된 상태였다는 것을 보여주며, 사망 즉시 악령으로 변한 상황으로 판단하건데 망자의 혼령은 이미 사망하기 이전에 악령에 먹힌 것으로 추정됩니다. 이러한 추정을 뒷받침하는 것이 이번 사건의 목격자이신 정해수 차사님께서 회수하신 혼령의 흔적에서도 확인할 수 있었습니다. 회수된 혼령의 흔적을 분석한 결과 하나의 패턴을

추출할 수 있었습니다. 그 패턴을 근거로 저희는 악령의 정체를 특정할 수 있었습니다. 이번 사건을 일으킨 악령의 정체는 '갑종-721543', 통칭 '인간늑대-인랑'입니다."

회의실 벽의 한 면을 차지한 스크린에 한 인물의 사진과 정보가 나타났다. 회의실에 적막이 흘렀다. 발표자는 긴장한 듯 침을 삼켰다. 이후 브리핑이 계속되었다. 그걸 들으며 무겁게 고개를 끄덕였다.

여기저기서 한숨이 터져 나왔다. 놀란 건 나도 똑같았다. 그날 내가 상대한 놈은 12갑자 동안 본 적이 없는 놈이었다. 놈을 놓치고 나서 며칠이나 일이 손에 잡히지 않아 끙끙거렸다. 720년을 사는 동안 그런 일은 처음이었다.

"그리고 한 가지 더, 주의할 사항은 이 악귀가 다른 사람의 몸에 빙의되기 전까지 사라진 혼령들이 있습니다. 그 사라진 혼령이 지금까지 40여 명에 이릅니다. 그래서 저희는 이 악귀가 그 혼령들을 흡수하지 않았나 의심하고 있습니다."

금태 안경이 빙글 몸을 돌려 나와 눈을 맞췄다.

"지금 이 상태라면 아마 차사님이 발견하시더라도 혼자서는 감당하기에 힘드실 수도 있습니다."

"그런가요?"

"네. 그럴 거라고 예상합니다. 그래서 발견 즉시 저희 추격 1팀에게 연락하셔서 공조를 부탁드립니다."

"예, 알겠습니다."

상황이 심각해서 나도 모르게 턱을 만지고 있었다.

"그동안 악귀가 나타난 곳으로는 XXX동, XXX동, XXX동, XXX동, XXX동, XXX동 등입니다. 지금껏 보고된 장소만도 이십여 군데가 넘습니다. 그리고 저지른 살인사건은 60여 차례에 이릅니다."

금테 안경이 화면 속의 점이 찍힌 장소를 가리켰다.

"앞으로 계속 놈이 나타난 적이 있는 장소를 주시해주시고요. 발견하면 즉시 보고해주세요. 최근에 바뀐 흔적이라든가 그런 것도 알아봐주시고요. 차사님은 업무를 하시면서 최근에 기척을 느끼고 또 최근의 기척을 가져오셨으니까 이상한 게 있으면 바로바로 연락을 해주셨으면 합니다."

"네."

"혹시나 그 악귀를 발견 시에는 다른 모든 업무는 다 제쳐두고 그것부터 최우선적으로 처리해주시길 부탁드립니다."

"예, 알겠습니다."

브리핑이 끝나고서 사무실로 돌아왔다. 건너편의 문규가 고개를 들고 나를 쳐다보았다.

"야, 너 센 놈 걸렸다며?"

"어떻게 알았어?"

"다 난리야. 개 추격팀 애들이 4갑자 동안 쫓아다닌 놈이다. 기록이야, 기록."

문규가 머리를 절레절레 흔들었다.

"야, 네가 거꾸로 안 당한 것만 해도 다행이다."

"야, 무슨 차사가."

고개를 젓자 문규가 의아한 눈으로 쳐다보았다.

"너 정우 차사 실려온 거 기억 안 나? 한 2갑자 전에?"

"기억하지. 팔 하나 통째로 뜯겨나갔다고."

"그게 그놈이야."

"뭐?"

"그놈이라고. 뒷덜미 잡았다고 정우 차사 팔 한쪽 뜯어낸 놈이."

문규가 얼굴을 찌푸리며 머리를 절레절레 흔들었다.

"지난번 영미 차사의 허리를 뚫은 놈도 그놈이고."

"하아. 그게 같은 놈이었어?"

"응. 정우 차사한테 들었다니까."

문규가 목이 타는지 물컵을 들고 벌컥벌컥 들이켰다. 멍하니 그냥 그 모습을 보고 있다.

"하아."

그제야 한숨이 나왔다.

"그래서 저쪽에서 뭐래?"

"뭐, 발견하면 즉시 연락 달라고 하지."

"그래. 난 일하러 가봐야겠다."

문규가 명부를 가방 속에 챙겨 넣으며 자리에서 일어섰다.

"무슨 일 있으면 연락줘."

"네가?"

"야, 그래도 난 두 놈 잡아봤어."

"하이고, 1갑자도 안 된 놈들."

"그래도 잡긴 잡았잖아."

문규가 잘난 척을 하면서 손을 흔들고 사무실을 나갔다. 일을 하려고 자리에 앉았지만 뒤숭숭해서 집중할 수가 없었다. 등받이에 머리를 기댄 채 창밖을 보았다. 안개가 몰려왔는지 부옇게 흐린 아침이었다. 꼭 날씨가 내 마음처럼 답답했다.

산부인과 병원의 복도를 뚜벅뚜벅 걸었다. 진료실 앞의 소파에 배가 부른 여자와 아이가 앉아서 차례를 기다리고 있다. 엄마가 핸드폰을 보는 사이 아이는 무료한 듯 일어나 복도를 아장아장 걸어다녔다. 시간을 확인하고는 잠시 기다렸다. 조금 뒤 다급한 발소리와 함께 산모를 실은 침대 하나가 수술실로 뛰어 들어갔다.

수술실의 문은 굳게 닫혀 있다. 핸드폰의 알람이 울리자 수술실로 들어갔다. 여자는 마취가 된 채 침대에 누워 있고 의사가 아기를 받아들고 있었다. 그리곤 어두운 표정으로 고개를 절레절레 흔들었다. 아기는 피부가 파리한 채 축 늘어져 있다. 잠시 후 아기의 영혼이 빠져나와 위로 둥실둥실 떠올랐다. 방금 엄마의 배 안에서 세상을 떠난 아기의 영혼이다. 영혼은 겁에 질린 표정으로 주위를 둘러보고 있다.

"김마음님, 김마음님, 김마음님."

태명을 부르자 아기의 영혼이 둥둥 떠서 내 쪽으로 왔다.

"김마음님은 못 알아들으시겠지만 김마음님은 2019년 9월 21일부로 사망하셨습니다."

그 순간 등골로 차가운 냉기가 훑고 지나가는 게 느껴졌다. 흠칫해서 돌아보자 이상열의 뒤통수가 보였다. 즉시 품에서 부적을 꺼내 아기의 영혼을 향해 던졌다. 그러자 아기의 영혼은 그 자리에 못 박힌 듯 꼼짝하지 않았다.

바로 이상열의 뒤를 쫓기 시작하면서 전화를 했다.

"아, 노 팀장님."

"아, 예. 해수 차사님."

"지금 발견해서 추적 중입니다."

"지금 위치가…"

바로 핸드폰의 위치를 보냈다.

"예, 저희도 바로 내려가겠습니다. 놓치지 말고 추격해주시기 바랍니다."

전화기를 쑤셔 넣고 곧장 놈의 뒤를 쫓아 달리기 시작했다.

"이상열. 이상열. 이상열."

영혼을 끌어오기 위해 소리쳐 불렀다. 하지만 이상열은 그런 것은 아랑곳없다는 듯 계속 도망쳤다. 쫓아 달리면서 문득 놈이 벌써 이상열의 영혼을 삼켜버린 게 아닐까 하는 생각이 들었다. 그렇다면 이름을 불러도 소용이 없다.

놈은 달리는 지하철 속으로 뛰어들었다. 그리곤 번개처럼 마주 오는 지하철의 사이를 뚫고 지나갔다. 나도 바로 따라 뛰어들었다. 놈이 뒤를 돌아보더니 이번에는 사람들이 타고 있는 지하철 칸 속으로 뛰어들었다. 안에 있는 사람들의 몸까지 마구 뚫고 달렸다. 놈의 혼이 통과해서 지나갈 때마다 사람들이 흠칫흠칫했다. 어, 뭐야. 뭐야. 여기저기서 놀란 사람들이 몸을 부르르하며 진저리를 쳤다.

놈은 계속해서 사람들의 몸을 뚫고 지나갔다. 사람들을 피해 가느라 점점 놈과의 사이가 벌어졌다. 하지만 이를 악물고 속도를 내어 놈을 따라잡았다. 겨우 따라잡았다고 생각하는 찰나 놈이 땅 위로 솟구쳐 올랐다. 나도 같이 튀어 올랐다. 그 순간 어떤 아파트 위에서 빛이 쏟아졌다. 놈이 그 빛을 뚫고 지나가려는 듯 그 속으로 뛰어들었다. 나도 놈을 좇아 빛 속으로 뛰어들었다. 막 빛을 통과하려는 찰나 손으로 놈의 뒷덜미를 움켜잡았다. 이제 잡았다, 하는 순간 거대한 빛의 소용돌이로 순식간에 빨려 들어갔다.

혜수

눈을 뜨자 제일 먼저 거실 천장이 눈에 들어왔다. 주위를 둘러보니 거실 한쪽 이불 위에 누워 있었다. 정신이 또렷했고 마치 푹 자고 난 뒤처럼 기분이 상쾌했다. 팔을 쭉 늘이고 기지개를 켜며 거실을 둘러보다가 동작을 멈췄다. 소파에 검은 정장을 입은 남자애가 앉아 있고 그 앞에 무복을 입은 할머니와 엄마가 무릎을 꿇은 채 앉아 있었다. 뭐지? 눈을 말똥거리며 쳐다보는데 남자애가 날 향해 손을 까딱거렸다.

"야, 정신 차렸으면 이리와."

"누구… 저요?"

다른 사람을 말하나 싶어 둘레둘레 주위를 보았다.

"그래. 너."

남자애가 다시 손을 까딱거렸다. 엉거주춤 자리에서 일어나 소파 앞으로 갔다. 할머니가 날 돌아보더니 말했다.

"네 신장이시다. 인사드려라."

눈을 휘둥그레하게 뜨고 놀라서 애가? 하는 얼굴로 할머니를 쳐다보았다.

"예를 갖추어라. 차사님이시다."

"예? 저승사자?"

나도 모르게 큰소리로 외치며 입을 쩍 벌렸다. 소파에 앉아 있는 남자애가 팔짱을 끼고 날 빤히 쳐다보았다. 이 상황이 매우 언짢은 듯 날 노려보고 있다.

"넌 지금 이 상황이 이해가 되냐?"

눈이 차갑다.

"그러니까 그걸 물어보려고…"

"됐고."

남자애가 손을 들어 제지하면서 할머니를 쳐다보았다.

"내림굿 한 건 몇 번째야?"

"이번까지 해서 열세 번째입니다."

할머니가 머리를 숙인 채 대답했다.

"관계가 어떻게 돼?"

날 쳐다보며 물었다.

"제 손녀입니다."

남자애가 엄마 쪽을 힐끔 보며 물었다.

"그럼 여기는?"

"제 딸입니다."

"여기는 신기가 없네."

"예, 그래서 저도 제 대에서 끊어지나 싶었는데 이렇게 됐습니다."

"열세 번째라. 평소와 다르게 한 건 없고?"

"예, 없습니다."

할머니가 다소곳하게 무릎을 접고 앉은 채 고개를 저었다.

"하긴 열세 번이나 했는데 실수할 리는 없고…"

남자애가 소파에서 자세를 바꾸며 턱을 쓸었다.

"할머니, 할머니."

작은 소리로 연거푸 할머니를 불렀다. 대체 이게 어떻게 된
일인지 궁금했다. 자다 깼는데 일어나 보니 집에 낯선 남자애
가 있고 할머니와 엄마는 그 앞에 무릎을 꿇고 앉아 있다. 얼핏
할머니가 하는 걸로 봐서는 신장인 것 같은데 거기다 저승사
자? 대체 무슨 소리인지 점점 알 수가 없었다. 할머니가 날 보
더니 가만히 있으라는 듯 고갯짓을 했다. 다시 엄마를 불렀다.
엄마는 서 있는 내 손을 잡아끌어 옆에 꿇어 앉혔다. 소파에 앉
아 있는 애는 기껏해야 내 나이쯤으로 보였다. 남자애가 신장
인 모양인데, 할머니의 신장님은 신령님이랬는데?

"신장이 누구라고?"

남자애가 할머니에게 물었다.

"구산 신령님이십니다."

"아, 그분. 그분 알지."

남자애가 답답한 듯 소파의 팔걸이를 두드렸다.

"13번 동안 내림굿 한 게 누구누구야?"

"그게…"

할머니가 기억을 더듬듯 잠깐 허공을 쳐다보더니 이름을 하나하나 읊었다.

"아, 그 친구. 어어어."

남자애가 고개를 끄덕이더니 한숨을 쉬었다. 내림굿이라고? 얼른 거실을 둘러보니 여기저기 끈이 걸려 있고 부적이 붙어 있었다. 검은 상 위에는 음식과 돼지머리 따위가 보였다. 누가 내림굿을 했다는 말이지? 혹시 엄마? 하고 돌아봤다. 엄마는 할머니 옆에서 조용히 고개를 숙이고 있다. 그때 남자애가 했던, 엄마는 신기가 없다던 말이 떠올랐다. 엄마가 아님 그럼 누구? 나? 재빨리 엄마의 손을 잡아 흔들었다. 왜 그래? 하고 돌아보는 엄마에게 나 내림굿 했냐고 손짓으로 물었다. 엄마가 할머니의 눈치를 보더니 얼른 고개를 끄덕였다. 뭐? 내가 내림굿을 했다고? 나는 집에 들어와서 엄마랑 얘기하다가 정신을 잃었었다. 그 사이 내림굿을 했다고? 그제야 병원에서 얼핏얼핏 들었던 할머니의 목소리가 떠올랐다. 신열이다. 준비하고 있으마! 어휴, 대체 이게 무슨 일이야. 내림굿을 했다면 내게 신이 내렸다는 소린데 그게 저 남자애? 다시 엄마의 손을 흔들었다. 왜 자꾸 부르냐는 듯 엄마가 힐끔 돌아봤다. 재빨리 남자애와 나를 번갈아 가리키며 남자애가 내 신장인지 표정으로 물었다. 엄마는 할머니의 눈치를 보며 재빨리 고개를 끄덕이고는 후딱 고개를 돌렸다.

"지금이 열세 번째란 말이지?"

"예, 그렇습니다."

"어떻게 차사가 내림굿에 끌려오냐."

남자애가 얼굴을 찌푸렸다. 헐. 진짜란 말이네. 쟤가 내 신장이라고? 거기다 저승사자!

"저도 처음 보는 일이라… 어디서 들어보지도 못했고…"

할머니가 다소곳이 대답했다.

"당연히 못 들어봤겠지. 나도 들어본 적 없으니까."

남자애가 다시 얼굴을 찌푸리며 머리를 절레절레 흔들었다.

"일단은 나도 어떻게 된 건지 알아볼 테니까 쓸데없는 짓 하지 말고 조용히 있어."

그러면서 날 돌아보았다.

"특히 너."

"네? 저요?"

놀라 눈을 동그랗게 뜬 채 손으로 날 가리켰다.

"그래, 너. 너 괜히 쓸데없는 짓 하지 말고 얌전하게 있어라. 괜히 쓸데없이 일 벌였다가는 그냥 끌고 가 버린다."

눈에서 차가운 냉기가 섬뜩하게 느껴졌다. 깜짝 놀라 손을 마구 내저으며 고개를 저었다.

"쓸데없는 짓 하지 마라."

"네, 네, 네."

연신 고개를 끄덕였다.

"그럼 일단 알아보고 뭐 나오면 얘기해줄 테니까 있어. 가볼 게."

남자애가 눈앞에서 픽 사라졌다. 그러자 엄마가 바닥에 털썩 주저앉으며 숨을 크게 내쉬었다. 아이고야. 십 년 감수했네. 할머니도 긴장했던 게 풀리는지 한숨을 푸우우하고 내쉬었다.

"아, 엄마. 어떻게 된 거야?"

엄마가 할머니에게 따져 물었다.

"글쎄다. 아까도 얘기했듯이 나도 들어본 적도 없는 일이 벌어졌으니…"

"아까 걔가 내 신장이라고?"

엄마에게 다시 한 번 물었다.

"그래. 네 신장이란다."

"그럼 나 내림굿했어?"

"너 어제 학교에서 돌아와 쓰러진 거 기억나니?"

"어 집에 들어온 것까진 기억나는데."

"너 쓰러져서 열이 40도 넘게 올랐어."

"진짜?"

"그래. 너 병원 데려갔더니 할머니 오셨더라. 너 신열 올랐다고."

엄마가 거실 바닥에 다리를 죽 뻗은 채 설명했다.

"그래서 내림굿 한 거고."

"그래서 온 게 아까 걔라고? 저승사자?"

따지듯 되물었다.

"그래. 분명히 준비는 이상 없었는데…"

할머니도 어안이 벙벙한 모습이었다.

"듣도 보도 못한 일이 벌어졌으니…"

"그럼 나 죽어?"

할머니 옆으로 바짝 다가가 팔을 붙잡았다. 그 소리에 엄마가 놀랐는지 펄쩍 뛰었다.

"정말 어떻게 된 거야? 이러다 애 죽어?"

"아니다. 오히려 더 좋을 수 있다. 사자가 신장이니 다른 사자도 장난치지 못할 것이다. 적어도 신장이니 애 수명은 정확히 알 거니까 천수는 확실하게 누릴 수 있을 거다."

할머니의 말을 들으며 이걸 좋아해야 하는 건지 어째야 하는 건지 헷갈렸다.

"그럼 나 지금은 안 죽는 거네?"

눈을 깜빡이며 할머니를 돌아보았다.

"일단은 사자가 와서 네 이름도 안 부른 걸 보면 널 데리러 온 건 아니고, 신장으로 온 게 맞는 것 같다."

"하아."

엄마처럼 거실 바닥에 다리를 쭉 펴고 숨을 내쉬었다. 조금 전에 있었던 일을 생각하자 진짜 머리가 멍했다. 할머니가 엄마에게 말했다.

"나도 좀 알아볼 테니까 강 서방한테는 얘기하지 말고."

"그래야지. 알면 난리 칠 텐데."

"강 서방 이번에 인사발령 있다며?"

"응."

할머니가 엄마에게 부적을 하나 내밀었다.

"어디에 넣는지 알지?"

"밑에?"

"응."

"하나 가지고?"

"화요일만 써. 다른 날은 좋으니까 그날만 막으면 돼."

"응. 알겠어."

엄마가 부적을 조심스레 주머니에 집어넣었다. 할머니가 그 걸 보더니 내게 고개를 돌렸다.

"혜수는 일단 마음을 경건하게 가지고. 신장을 모시게 됐으니까 지금까지와는 조금 다르게 해야 할 거야. 자세한 거는 차 사님이 알아 오시면 그때 얘기하기로 하자."

엄마와 할머니는 굿으로 어질러진 거실을 치우기 시작했다. 그리곤 할머니는 무복을 벗으러 방으로 들어갔다.

다음 날 점심시간이었다. 급식실에서 점심을 먹고 나와 매 점 앞의 벤치에서 노닥거렸다. 바람이 살랑살랑 불어와 머리칼 을 들추었다. 나무둥치를 개미들이 떼를 지어 오르내렸다. 가을 햇살이 나무 잎사귀에 챙강챙강 소리를 내며 떨어졌다. 바람도 좋고 햇빛도 근사한데 내 마음만 무거웠다. 옆에 앉아 있던 유리가 날 쳐다보았다.

"어제 뭐 했어?"

"몰라. 내림굿했대."

고개를 젓다가 어깨를 축 늘어뜨렸다.

"뭐?"

유리가 놀란 듯 소리쳤다.

"어제 나 집에 가자마자 정신 잃었고 깨보니까 내림굿했대."

"아씨. 부르지."

혜원이가 아쉽다는 듯 어깨를 툭 쳤다.

"나, 정신 잃었다니까."

"내림굿하면 귀신하고 뭐 된다며?"

그런 쪽에 관심이 많은 혜원이가 눈을 반짝이며 쳐다보았다.

"응."

후 하고 한숨을 쉬었다.

"야, 그럼 너 신장 생긴 거야?"

오컬트 매니아인 혜원이가 옆으로 다가앉으며 물었다.

"어."

"어떤 귀신이야?"

"저승사자."

그 소리에 채원이와 민주, 유리가 꺄악 하고 비명을 질렀다.

"죽인다."

혜원이가 흥분한 목소리로 외쳤다.

"야 근데 저승사자가 진짜 있어?"

민주가 무서워하는 표정을 지으며 물었다.

"있더라."

"어떻게 생겼어?"

"어떻게 생겼어?"

여기저기서 목소리가 터져 나왔다.

"갓 쓰고 얼굴 하얗고 그래?"

민주가 궁금한 듯 빤히 쳐다보았다.

"평범한 애야. 검은 양복 입고."

"드라마에서 본 것처럼 모자도 쓰고?"

채원이가 호기심이 어린 눈으로 물었다.

"모자는 안 썼어. 얼굴도 하얗지도 않아."

심드렁하게 대꾸했다.

"잘생겼어?"

채원이가 미소를 지었다.

"아니. 재수 없게 생겼어."

앞으로 팔짱을 끼며 머리를 내저었다. 그 순간 차가운 표정
으로 쓸데없는 소리 하지 마라, 하고 쳐다보던 저승사자의 얼
굴이 떠올랐다. 재수 없는 놈. 얼른 머리를 흔들어 그 얼굴을 지
웠다.

"혹시 여기 왔냐?"

혜원이가 주위를 둘레둘레 돌아보면서 물었다. 그 말에 애들이 비명을 질렀다.

"꺄악."

"아니."

"야 같이 다니는 거 아냐?"

혜원이가 머리를 갸웃하며 날 쳐다보았다.

"같이 안 다녀. 뭐 알아본다고 갔어."

"언제 온대?"

"몰라. 오면 넌 꼭 소개시켜 줄게."

옆에 찰싹 달라붙어 있는 혜원이에게 말했다.

"응. 꼭 시켜줘."

혜원이가 꼭 부탁한다는 듯 내 손을 잡았다. 호기심으로 반짝반짝하는 눈을 보니 겁이 하나도 없는 모습이었다. 다른 애들은 무서워서 난리인데 정말 보고 싶어 하는 눈치였다. 하긴 장혜원을 누가 말리나. 공부도 1등. 먹는 것도 1등. 겁 없는 것도 1등. 시크한 것도 1등. 또 뭐가 있더라?

"근데 저승사자가 그렇게 되는 경우도 있어?"

민주가 눈을 깜박이며 물었다.

"몰라. 없대. 할머니도 첨 본대."

다시 한숨을 푹 쉬었다.

"네가 뭐 이상한 거 아냐?"

혜원이가 말했다.

"몰라. 잠깐 있어 봐."

손으로 애들을 막고는 할머니한테 전화를 걸었다. 신호가 가고 잠시 후 할머니의 목소리가 들렸다.

"혜수냐."

"응. 할머니. 나. 알아봤어?"

"글쎄다. 알아봤는데 아는 사람이 없어 가지고."

"응. 신령님은 뭐래?"

"글쎄, 신령님도 답을 안 하시네."

"신령님도 모르시는 거야?"

"신령님도 이렇게 답을 안하시는 건 처음이라 나도 모르겠다. 아무리 답을 안 하셔도 두 번 세 번 물으면 답을 하시는데, 이번은 답을 안 하신다."

"그래. 응, 알았어. 뭐라도 알면 얘기해줘."

"응. 넌 별일 없지? 몸은 괜찮고?"

"응."

"열은?"

"없어. 근데 할머니."

"응?"

"진짜 저승사자 맞아?"

"맞다. 차사님이시다."

"아니, 다른 귀신이 저승사자인 척 할 수도 있잖아."

"넌 그때 정신 잃어서 못 봤는데 사실 그때 차사님 말고 다른 분들도 왔다 가셨다. 한두 분들이 아니셨다."

"뭐? 그럼 내 신장이 한두 사람이 아니라고?"

"네 신장은 어제 본 그분 한 분이시고, 어떤 이유에선지 모르겠지만 그분이 오시고 바로 여러 차사님들이 오셨다 금방 가셨다."

할머니의 말에 머리가 멍해졌다. 한숨을 푹 쉬고 나서 말했다.

"그럼 저승사자가 확실한 거네."

"혹시 신장님은?"

"안 보여."

고개를 저었다.

"차사님이시다. 혹시라도 나타나시면 말조심해라."

"알았어."

전화를 끊고 발밑에서 살랑이는 풀들을 바라보았다. 가을바람에 한들한들 흔들리고 있다. 식물은 참 걱정이 없어서 좋겠다. 나처럼 저승사자가 난데없이 나타나지도 않을 거고, 또 신장이 되지도 않을 거고.

"할머니셔?"

"응."

"뭐라셔?"

"모른대. 내가 이상한가 봐. 그 많은 신장 중에서 왜 하필 저승사자냐고."

"그래도 우리 또래 남자애잖아."

채원이가 쫑알거렸다.

"그럼 네가 가져갈래?"

"어우. 싫어."

채원이가 기겁하며 손을 마구 내저었다. 그걸 보고 빙긋 웃으며 혜원이가 말했다.

"야, 꼭 보여줘라."

"알겠어."

수업 시작하는 종이 울렸다. 모두 앉아 있던 벤치에서 우르르 일어나 교실로 향했다. 민주가 어슬렁어슬렁 걷는 날 보며 재촉했다.

"야, 빨리 가. 선생님한테 혼나."

"괜찮아. 이번 시간 자습이야."

"왜?"

유리가 물었다.

"선생님 애 낳았어."

"누구? 와이프?"

"응."

"야, 그럼 나르자."

혜원이가 매점 쪽을 향해 턱짓을 했다. 그 말에 채원이가 맞아, 하는 얼굴로 쳐다보았다.

"그럼 우리 교실 들어갈 이유 없잖아."

"매점 갈까?"

민주가 채원이의 팔짱을 끼며 말했다.

"아니, 출석은 부를 거야. 가."

"에이 씨. 좋다 말았네."

혜원이가 투덜거리자 유리가 쭐레쭐레 따라오며 고개를 끄덕였다. 그리곤 신기하다는 눈으로 날 쳐다보고 있다.

그날 밤 자려고 침대에 누웠을 때 건너편의 벽으로 어제 본 거실의 풍경이 어른거렸다. 엄마와 할머니가 무릎을 꿇고 있고 앞의 소파에 검은 양복을 입은 남자애가 앉아 있었는데… 그때 거실 소파에 앉아 있던 저승사자의 모습이 또 생생하게 떠올랐다. 으윽. 다시 봐도 재수 없어. 몸서리를 치며 고개를 저었다. 근데 아무리 봐도 우리 또래로밖에 안 보이는데 말하는 건 완전 재수 없었다. 할머니한테 반말하고 무슨 말만 하면 탁탁 끊고. 얼굴이 눈앞으로 확 클로즈업되었다. 근데 잘생기긴 잘생겼다. 차도남? 아니, 저승에서 왔으니 차저남이구나. 하긴 뭐 못생긴 아저씨보다는 잘생긴 또래가 낫지. 그래도, 싫다, 싫어. 저승사자라니. 아, 모르겠다. 잠이나 자자. 이불을 머리에 확 뒤집어썼다.

해수

"야, 너 신장 됐다며?"

자료를 뒤적이며 한참 열중하고 있는데 등 뒤에서 목소리가
울렸다. 의자를 빙글 돌리자 문규가 녹차를 들고 서 있다.

"그러게나 말이다."

"야, 차사가 신장 된 거 처음 아냐?"

문규가 머리를 갸웃하며 물었다. 그러면서 옆의 비어 있는
의자에 주저앉았다.

"글쎄. 나도 지금 기록을 보고 있는데 나오는 게 없네."

손으로 책상을 두드리며 한숨을 쉬었다.

"야, 너 뭐 들은 거 있냐?"

"있지."

문규가 빙긋 웃었다.

"뭐?"

"차사가 신장 됐다는 거."

"누구? 언제?"

"너. 지금."

문규가 눈을 크게 뜨며 나를 가리켰다.

"기대한 내가 바보지."

머리를 절레절레 흔들며 의자를 빙글 돌렸다. 그러자 문규가 다시 내 의자를 돌려세웠다.

"야, 차사도 신장이 될 수 있구나."

"그러게나 말이다."

"그래서 어떡하려고?"

"아, 몰라. 일단은 조사국에 문의해놨으니까 뭐라고 답 오겠지."

"조사국에선 뭐래?"

문규가 녹차를 홀짝이며 쳐다보았다.

"걔들도 처음 듣는 얘기래."

"국장이? 그 양반 나이가?"

"3천 갑자가 넘지. 근데도 못 들어봤으면 처음 있는 일이라는 거지."

"그래서 너 어떡하려고?"

"위에서 정해준 대로 해야지, 뭐."

문규가 의자에서 일어서면서 물었다.

"근데 무당은 어떤 사람이야?"

"애야."

"뭐?"

"고등학생이야. 말 시키지 마."

"고등학생 무당의 신장이 됐다고?"

어처구니가 없다는 듯 고개를 젓더니 내 어깨를 툭툭 두드렸다.

"내가 널 본 지도 벌써 5갑자가 넘었구나."

"그래서? 무슨 말 하려고?"

"하아. 그동안 그 숱한 여자들의 구애를 뿌리치고 네가 혼자였던 이유가 바로…"

"쓸데없는 소리하면 죽인다."

발끈해서 소리쳤다.

"보자."

문규가 내 말은 신경도 쓰지 않고 폰을 들고 뒤적거렸다.

"신장이랑 무당이랑 매칭 사이트가 있었는데."

"뭐?"

"아, 찾았다. 오 얘네 빠르네."

감탄한 표정으로 고개를 주억거렸다. 저승의 이런저런 소식을 알려주는 사이트였다. 그 한 사이트의 매칭 코너였다.

"얘냐?"

문규가 화면을 내게 보여주었다. 흘끔 보니 그 여자 아이였다.

"어. 똑같진 않지만 맞아."

"어디 보자. 이름 강혜수. 나이 18세…"

"말했잖아. 고등학생이라고."

"그러네. 근데 조회 수가… 야 너네 죽인다."

그런 소리를 하며 문규가 폰에서 눈을 떼고 쳐다보았다.

"왜?"

"몇 시간 안 됐는데 조회 수가 천만 넘었어."

문규가 턱을 만지며 머리를 절레절레 흔들었다.

"야, 이 정도면 너네 저승에서 제일 핫한 커플인데."

문규가 빙글빙글 웃으며 말했다.

"그런 거 아니라니까."

"내가 화정 차사와 사귈 때는 조회 수가 만도 안 됐는데."

문규가 날 또 흘끔 보았다.

"부럽다."

"그런 거 아니라니까."

"저승 최고 핫한 커플께서 어련하시겠어."

문규가 입을 죽 찢으며 말했다.

"그렇게 부러우면 네가 해라."

"나야 좋지. 근데 그게 내 맘대로 되나."

문규가 양손을 펼치고 흔들었다.

"내 말이 그 말이라고."

"부럽다. 탑 커플."

"야, 너."

"간다."

문규가 손을 번쩍 들고 자리로 돌아갔다. 다시 자료들을 살펴보고 있는데 인터폰이 울렸다.

"예. 정해수입니다."

"안녕하십니까. 추격 1팀 조명석입니다."

"아, 예. 안녕하세요."

"바쁘시지 않으면 저희랑 미팅을 했으면 하는데 가능하십니까?"

"예, 지금 가겠습니다."

자리에서 일어나 엘리베이터를 타고 3층으로 내려갔다. 팀장실의 문을 열고 들어가자 노 팀장과 금테 안경을 쓴 조명석이 기다리고 있었다. 눈이 마주치자 까딱하고 목례를 했다. 노 팀장이 앞의 의자를 가리켰다.

"이리 앉으시죠."

"추격하신 건은 어떻게…"

의자에 앉으며 물었다.

"워낙 빠른 놈이라 놓쳤습니다."

"그때 그 일만 아니었으면…"

다시 또 생각하자 분해서 아랫입술을 깨물었다. 조명석이 의자를 당겨 앉으며 말했다.

"보고서로 보긴 했지만 당시 상황을 좀 더 자세하게 설명해 주셨으면 하는데요."

"말씀을 드릴 수는 있는데 어디서부터 얘기해야 하는지…"

기억을 더듬으며 자세를 고쳐 앉았다.

"인랑과 처음 마주쳤을 때부터 설명 부탁드립니다. 궁금한 부분은 중간중간에 질문드리도록 하겠습니다."

조명석이 날 보며 말했다.

"알겠습니다."

고개를 끄덕이고는 잠시 기억을 정리한 뒤 침착하게 말을 시작했다.

"보고서에서 보셨듯이 그때 저는 엄마의 배에서 사망한 태아의 혼령을 인도하기 위해 병원에 도착한 상황이었습니다."

"장소가 영등포구 우리병원 맞습니까?"

옆에서 태블릿을 보고 있던 조명석이 물었다.

"네, 맞습니다."

"이 병원을 가신 건 처음인가요?"

"아니, 그렇지는 않습니다. 간혹 일로 갔던 곳입니다."

"그날 평소와 달랐던 점이 있나요?"

조명석을 보며 고개를 끄덕였다.

"태아가 사망하기 전까지 특이한 사항은 없었습니다. 그런데…"

"그런데?"

"태아의 혼령을 호명하는 순간 뭔가 섬뜩한 느낌이 들어 돌아보니 벽을 뚫고 도망가는 인랑의 뒷모습이 보였습니다."

"돌아보시기 전에 인랑인 줄 아셨습니까?"

조명석이 궁금한 표정을 지었다.

"아뇨. 몰랐습니다. 평소라면 그 정도로 돌아보거나 할 정도로 강한 느낌은 아니었지만, 상황이 상황이라 사소한 것도 놓치지 않으려고 확인하다 보니 돌아보게 되었습니다."

노 팀장이 고개를 끄덕이고 있다. 조명석은 나를 보다가 다시 태블릿으로 시선을 돌렸다.

"그리고 바로 추격에 들어가신 거고요."

"네, 맞습니다."

"추격 경로는 저희도 확인을 해봤습니다. 추격이 어렵게 혼잡한 곳과 지하철을 이용했더군요."

조명석이 태블릿을 보며 말했다.

"예. 맞습니다."

"이번에는 지난번보다 추격이 빨라지셨습니다. 마지막에는 접촉이 가능할 정도였네요."

그 소리를 하며 조명석이 실력을 인정한다는 듯 고개를 끄덕였다.

"그렇습니다. 그때 그 일만 아니었으면 잡을 수 있었는데…"

나도 모르게 어금니를 꽉 물었다. 그때까지 말없이 지켜보고 있던 노 팀장이 입을 열었다.

"우리도 그래서 보자고 한 건데…"

의자에 기댄 채로 앉아있던 노 팀장이 내 쪽으로 몸을 내밀었다.

"그 일이라면 내림굿을 말씀하시는 건가요?"

"그렇습니다."

조명석이 고개를 끄덕였다. 내림굿을 떠올리자 그 생각 없어 보이는 여고생이 함께 떠올랐다. 그러자 짜증이 났다. 그 여고생만 아니었으면 분명 놈을 잡을 수가 있었다. 막 놈의 뒷덜미를 움켜잡으려는 순간 광주(光柱, 빛기둥)로 빨려 들어간 생각을 하면 화가 났다. 한 차례 한숨을 쉬고는 노 팀장을 바라보았다.

"지하에서 따라잡히자 인랑이 갑자기 허공으로 솟구쳤습니다. 그래서 저도 따라 올라갔고, 인랑이 도주하는 방향으로 추격하였습니다. 그때 전방에서 내림굿에서 신장을 부르는 광주가 나타났고, 광주를 뚫고 도주하는 인랑을 쫓아 광주로 들어가게 되었습니다."

"이전에 광주를 통과한 적이 있으십니까?"

조명석이 태블릿에서 고개를 들어 빤히 쳐다보았다. 그 소리에 고개를 저었다.

"없습니다. 주변을 지나간 적은 있지만 통과한 경우는 처음입니다."

"이전에 광주를 지날 때 별다른 영향은 없었습니까? 이번처럼 끌려간다거나 하는."

"없었습니다. 광주에 끌려간다거나 하는 일이 있었으면 사전에 피해갔을 겁니다."

한숨을 내쉬며 고개를 흔들었다. 건너편에서 잠자코 듣고 있던 노 팀장이 고개를 끄덕였다.

"하긴, 차사는 이승의 일에 개입하지 못하게 되어 있으니, 사전에 영향이 있었으면 피해 갔겠지."

노 팀장이 날 보며 말했다.

"우리 팀은 악령을 쫓다 보니 간혹 광주를 지나치는 경우가 있네. 나도 몇 번 경험이 있지. 하지만 지금까지 한 번도 차사가 광주에 끌려 들어간 적은 없었네."

"아."

"저도 몇 번 광주를 지나친 적이 있었지만 별다른 영향은 없었습니다."

조명석이 나와 노 팀장을 번갈아 보면서 말했다. 그 말에 노 팀장이 고개를 끄덕이며 그렇지 하는 표정을 지었다. 그리곤 다시 날 바라보았다.

"조사팀에서는 무슨 말이 없었나?"

"예. 조사 팀장님도 들어본 적 없는 일이라고 하셨습니다. 이전 자료를 조사해보신다고 하셨는데 아직 연락이 없습니다."

그 소리에 노 팀장이 손으로 턱을 괴며 잠자코 있었다. 뭔가 생각을 하는 모습이었다. 이윽고 입을 열었다.

"해수 차사가 신장이 된 일도 그렇고, 이번 일은 지금까지 있었던 일과 뭔가 다른 거 같네. 그러니 좀 더 폭넓게 알아볼 필요가 있을 거 같아. 해수 차사는 조사팀이나 다른 쪽에서 뭔가 알게 되면 여기 조명석 차사를 통해 알려주게. 우리 쪽에서도 정보를 공유해줄 테니."

"네. 알겠습니다."

내가 고개를 끄덕였다. 노 팀장이 조명석 차사에게 고개를 돌렸다.

"어떤 이유에선지 인랑이 해수 차사 주변에 나타나는 것 같으니까, 해수 차사도 인랑에 대해 알아두는 것이 좋겠어. 인랑에 관한 자료를 해수 차사에게 보내주도록."

"알겠습니다."

조명석이 대답하며 고개를 끄덕였다. 노 팀장이 다시 날 쳐다보았다.

"아까도 들었겠지만, 인랑은 일반적인 악령과 다른 놈이네. 지금까지 단독으로 인랑과 접촉했다 피해를 입은 차사들이 있어. 그러니 발견하더라도 직접 접촉하지 말고 일정한 간격을 유지하며 연락해주게."

"알겠습니다."

"그쪽 팀장님께도 말씀드려뒀으니까, 인랑을 발견하면 이번처럼 적극적인 협조 부탁하네."

"예."

자리에서 일어나 팀장실을 나왔다. 조명석의 배웅을 받으며 추격 1팀 사무실을 뒤로 했다. 생각을 정리할 겸 계단을 이용해서 사무실로 올라갔다. 자리로 오자 인랑의 자료가 도착해 있었다.

보고서 1

1. 이름: 무명. 일명 인랑으로 통칭.

2. 생년월일: 무일. 조선 중기 지리산 산골의 화전민의 자식으로 출생.

3. 사망: 무일.

4. 사인: 추락사.

5. 분류: 죄인, 죄목: 살인.

6. 상세자료: 살인사건별 별도요약.

   1) 사건일자: 1567년 3월 25일 4시. 피해자: 오씨. 사인: 피살(과다출혈). 장소: 지리산(이하 장소는 동일).

   1567년 5월 14일 2시. 피해자: 고씨. 사인: 피살(과다출혈).

   1568년 9월 8일 1시. 피해자: 육씨. 사인: 피살(과다출혈).

   1569년 4월 11일 10시. 피해자: 나씨. 사인: 피살(과다출혈).

   1570년 8월 2일 5시. 피해자: 구씨. 사인: 피살(과다출혈).

   1570년 8월 25일. 피해자: 김씨. 사인: 피살(과다출혈).

   ⋮

   1580년 7월 29일. 피해자: 이씨. 사인: 피살(과다출혈).

2) 특이사항: 인간들을 사냥해서 먹고 살 때부터 이미 악귀로 추정 됨.

7. 성장: 무명을 낳은 화전민은 당시 지주에게 빌붙어 살던 소작농이 대부분임. 소작농은 쫓겨나면 산골로 들어가 농사를 지음. 산골에서 유일하게 지을 수 있는 농사는 산을 태워 농사를 짓는 화전밖에 없었음. 화전민은 한 번 농사를 지으면 그 땅을 쓸 수가 없어 계속 터전을 옮겨 다니며 살아야 함. 무명의 아비와 어미도 화전민으로 다른 화전민들과 산골에서 움막을 짓고 삶. 다른 곳으로 떠날 날이 가까워 오는데 배가 부른 어미는 꼼짝을 못함. 출산일이 임박해서 아비는 다른 화전민과 함께 먼저 떠남. 어미는 혼자 남겨져 산속의 움막에서 홀로 아이를 낳음. 어미는 아이를 낳은 뒤 과다출혈로 사망.

무명은 어미젖을 빨다 어미가 죽자 어미가 흘린 따듯한 피를 핥아 먹으며 연명함. 이때 처음으로 피의 맛을 알게 됨. 어디선가 시체 냄새를 맡은 굶주린 늑대가 나타나 죽은 어미의 시체를 뜯어먹음. 늑대가 정신없이 어미를 뜯어먹고 있을 때 무명은 늑대 밑으로 들어가 젖을 빪. 자신의 젖을 빠는 무명을 물고 늑대는 자신의 토굴로 감. 무명은 다른 늑대 새끼들과 함께 성장함. 늑대 무리들 틈에서 인간의 언어를 상실하고 울음소리로 의사소통을 함. 어미 늑대 밑에서 자란 무명은 동물을 잡아먹으며 성장함.

8. 경과: 무명은 성장하자 늑대들의 무리에서 쫓겨나 혼자 토굴에서 살아감. 깊은 산속에서 혼자 살아가면서 짐승들을 사냥해서 연명.

어느 날 산속에서 길을 잃은 사람을 공격해서 물어 죽인 뒤 토굴로 가져가 뜯어먹음. 그 뒤부터는 인간들만 골라 사냥하기 시작함. 어느덧 인간의 살과 피의 맛에 중독됨. 무명이 사는 토굴은 마을에서 한참 떨어져 있는 깊은 산속. 하지만 점차 마을에는 산속에서 인육을 먹는 인간 사냥꾼에 대한 흉흉한 소문이 떠돌고 관아의 사또는 장수들을 모아 인간 사냥꾼을 죽이기로 함.

활과 칼을 든 장수들에게 쫓겨 달아나는 무명. 어느덧 막다른 길의 절벽으로 몰림. 앞에는 칼과 활을 가진 사람들, 뒤에는 밑이 보이지 않는 까마득한 절벽. 무명은 사람들에게 쫓기다 절벽에서 뛰어내림. 차사가 도착했지만 이름이 없어 소환할 수 없었고, 죽는 순간 악령이 되어 홀연히 사라짐.

보고서 2

1. 이름: 변구안

2. 생년월일: 1858년 3월 19일.

3. 사망: 1898년 10월 2일.

4. 사인: 익사.

5. 분류: 죄인, 죄목: 살인.

6. 상세자료: 살인사건별 별도요약

   1) 사건일자: 1889년 3월 11일 1시. 피해자: 이씨. 사인: 피살(교살).

      장소: 울진(이하 장소는 동일).

1891년 7월 25일 10시. 피해자: 반씨. 사인: 피살(교살).

1893년 2월 18일 5시. 피해자: 오씨. 사인: 피살(교살).

1895년 6월 15일 8시. 피해자: 박씨. 사인: 피살(교살).

1898년 10월 2일 3시. 피해자: 하씨. 사인: 피살(교살).

2) 특이사항: 첫 아내를 죽일 때 이미 악귀에 씌었다고 추정됨. 순박하고 착한 성격은 악귀가 들어가 점령하기가 쉬웠을 것으로 추정됨. 첫 살인 후 깨어나 제정신으로 돌아왔을 때 자신이 벌인 일을 보고 변구안은 미쳐버렸을 것으로 추정됨. 그때 악귀가 변구안을 완전히 장악했을 것으로 추정됨.

7. 성장: 울진의 바닷가 마을. 어부 변구안은 홀어미를 모시고 살던 자식임. 수줍음이 많았고 사람들 앞에 나서는 걸 싫어했지만 순박하고 착했음. 비가 오거나 눈이 오거나 하루도 안 빠지고 바다에 나갈 정도로 성실히 홀어머니를 봉양함. 인근 마을까지 효자로 소문이 자자했음. 홀어미가 죽자 변구안은 혼자 바닷가의 움막에서 지냄. 마을의 노인이 이를 불쌍히 여겨 중매를 서서 혼례를 올림. 변구안은 색시를 맞이한 뒤에도 전처럼 열심히 일을 함. 홀어미와 살 때처럼 날마다 배를 타고 나가 물고기를 잡아 색시를 정성껏 부양함.

8. 경과: 어느 날 풀이 죽어 바닷가에 혼자 앉아 있는 변구안을 마을 사람이 발견함. 변구안은 눈물을 뚝뚝 흘리며 아내가 야밤을 틈타 자신을 버리고 도망을 갔다고 함. 물고기를 잡아 입에 겨우 풀칠하는 생활이 싫다며 도망가 버린 새색시. 변구안은 어부질을 하며 혼자 움막에서 살아감. 성실하고 착한 청년이 안돼 보여서 마을 사람

이 또 중신을 섬. 변구안은 색시를 맞아들여 다시 열심히 살아가기 시작함.

한동안 변구안의 모습이 보이지가 않아 동네 사람이 움막을 찾아감. 식음을 전폐한 변구안을 발견한 마을 사람. 변구안이 슬피 울면서 색시가 장돌뱅이와 눈이 맞아 야반도주를 했다함. 요새 자주 색시와 잡은 생선을 팔러 장에 같이 나갔는데, 어떤 장돌뱅이와 눈이 맞았다함. 며칠을 곡기를 끊었는지 눈이 퀭하고 피폐한 변구안은 시름에 잠겨 있었음. 마을 사람은 그런 변구안이 딱해서 할 말을 잃음. 착하고 성실해서 마을 사람들이 계속 중매를 서지만 몇 달 후면 색시가 야반도주를 해버림.

이후 변구안은 세 번째, 네 번째 색시를 죽여 배를 타고 나가 바다에 유기함. 무식하고 정보에 어두운 바닷가 마을 사람들은 변구안의 말만 믿고 색시들이 모두 야반도주했다고 생각했지만 실상은 변구안이 모두 살해함.

다섯 번째 아내를 죽인 후 유기하러 배를 타고 나갔다가 풍랑을 만나 배가 전복됨. 차사가 도착했지만 변구안을 찾지 못함.

보고서 3

1. 이름: 최경원.
2. 생년월일: 1902년 9월 18일.
3. 사망: 1950년 7월 20일.

4. 사인: 총살.

5. 분류: 죄인, 죄목: 살인.

6. 상세자료: 살인사건별 별도요약.

   1) 사건일자: 1927년 4월 13일 9시. 피해자: 김씨. 사인: 피살(자상).

   장소: 군산(이하 장소는 동일).

   1930년 3월 8일 11시. 피해자: 최씨. 사인: 피살(과다출혈).

   1938년 10월 23일 1시. 피해자: 이씨. 사인: 피살(자상).

   1944년 9월 31일 4시. 피해자: 정씨. 사인: 피살(과다출혈).

   1949년 12월 22일 5시. 피해자: 원씨. 사인: 피살(익사).

   2) 특이사항: 최경원의 사망 후 차사가 도착했지만 너무나 혼란스러운 틈을 타 최경원의 몸을 점령하고 있던 악귀가 도망침.

7. 성장: 일제 강점기의 군산. 1945년 4월 2차 세계대전의 막바지 무렵 일제의 조선 수탈도 정점에 달함. 조선인 최경원, 일명 다까기 오시오는 군산 시내에서 악명을 떨치던 일제 순사임. 허리에 박달나무 방망이를 차고 군산 시내를 활보하고 다님. 최경원이 평소 앙심을 품은 사람은 사지가 멀쩡한 사람도 얼마 후 병신이 되어 나타나고, 악독한 고문을 당해 정신병자가 되거나, 어느 날 행불이 되어 바닷가의 시체로 떠오르기도 함.

8. 경과: 해방 후 최경원은 경찰이 됨. 1950년 한국전쟁이 발발함. 탱크로 무장한 북한군이 6월 25일 새벽 4시 야음을 틈타 밀고 내려옴. 군산에 온 북한군은 제일 먼저 군인과 경찰, 그 가족들을 몰살시킴. 최경원은 야밤에 도망을 치지만 곧 붙잡힘.

북한군은 백주대낮에 군인과 경찰, 그 가족들을 산속으로 끌고 감. 최경원도 그 무리에 섞여 끌려감. 북한군은 너무나 많은 사람들을 한꺼번에 총살함. 최경원도 그 무리에 섞여 총살됨. 죽은 송장들이 계곡을 뒤덮고 코를 찌르는 피비린내와 하늘을 까맣게 덮으며 몰려드는 까마귀떼는 흡사 지옥을 연상케 했음.

보고서 4

1. 이름: 이상열.

2. 생년월일: 1974년 2월 23일 부산 사하구 출생.

3. 사망: 2019년 9월 19일 영등포.

4. 사인: 교통사고.

5. 분류: 죄인, 죄목: 살인.

6. 상세자료: 살인사건별 별도요약.

    1) 사건일자: 2014년 4월 14일 오전 7시 10분. 피해자: 정순자. 사인: 피살(과다출혈). 장소: 북한산.

    2014년 8월 22일 오후 11시 50분. 피해자: 박철호. 사인: 피살(추락사). 장소: 미아리.

    2015년 3월 17일 오전 2시 19분. 피해자: 한말순. 사인: 피살(교살). 장소: 둔촌동.

    2016년 9월 5일 오후 10시 45분. 피해자: 정호식. 사인: 피살(자상). 장소: 양재.

2019년 9월 19일 오후 11시 59분. 피해자: 정민애. 사인: 피살(과

다출혈). 장소: 영등포.

2) 특기사항: 생전에 인랑에 빙의된 것으로 보임.

자료들을 훑어본 뒤 등받이에 기대앉아 눈을 꾹꾹 누르고 있

는데 다시 인터폰이 울렸다. 수화기를 들자 이번에는 조사국의

호출이었다.

혜수

점심시간에 식판을 들고 애들과 함께 자리를 잡았다. 혜원이가 주위를 둘러보며 물었다.

"남친 안 왔어?"

"야아."

민주가 겁먹은 표정으로 혜원이를 쳐다보았다. 그리곤 민주, 채원이, 유리까지 미어캣처럼 고개를 쭉 빼고 주위를 두리번거렸다. 잔뜩 겁먹은 눈이었다. 그런 애들을 보자 살짝 짜증이 났다.

"남친 아니라니까."

나도 모르게 목소리가 퉁명스럽게 나왔다. 그러자 혜원이가 이해가 안 된다는 표정으로 눈을 동그랗게 뜨고 쳐다보았다.

"신장이라며?"

"신장이라고."

역시 퉁명스럽게 말했다.

"신장이면 맨날 붙어 다니는 거 아냐? 위험한 거 알려주고,

점칠 때도 도와주고 뭐 그런 거."

하며 마치 저승사자를 찾는 것처럼 주위를 둘러보았다.

"그런 거 아냐?"

"혜원아 하지 마. 무서워."

옆에 앉은 유리가 혜원이의 팔을 흔들며 우는 소리를 했다.

"아냐. 그런 거."

"그런 게 아니면?"

혜원이가 고개를 갸우뚱했다. 그걸 보자 답답했다.

"봐봐."

앞에 있는 식판을 손으로 잡아당겼다.

"여기 있는 밥 칸이 우리가 사는 이승이고, 여기 국 칸이 저
승이거든."

내 말에 애들이 모두 식판을 바라보았다.

"점은 이승에서 생길 일을 저승을 통해 미리 보는 거야. 이승
의 무당과 저승의 신장이 연결되면 그걸 더 잘 보게 돼. 그래서
신장이 필요한 거야."

"그냥 연결만 해준다고?"

"보통은 그래."

그 소리에 혜원이가 실망한 표정을 지었다.

"그럼 뭐야. 옆에서 가르쳐주고 하는 거 아니었어?"

"아냐."

딱 잘라 말했다. 그러자 혜원이가 의심스러운 말투로 물었다.

"너 혹시 여기 있는데 일부러 안 가르쳐주려고 그러는 거 아 냐?"

그러자 민주와 채원이, 유리가 동시에 "야아" 하며 겁먹은 눈 으로 주위를 흠칫거렸다. 애들이 그러든 말든 된장국을 후루룩 들이켰다.

"없어. 나도 그때 빼고는 한 번도 못 봤어."

"에이, 뭐야. 시시하게."

혜원이가 실망한 듯 입을 비죽 내밀고는 식판을 툭툭 쳤다. 그걸 보고 빙긋 웃었다.

"내가 저승사자 오면 꼭 얘기해줄게. 차사님을 아주 아주 아 주 만나고 싶어 하는 장혜원이라는 애가 있으니까 꼭 한번 만 나 보시라고. 만나 보시고 괜찮으시면 데려가시라고. 차사님 무 지무지하게 좋아하는 애니까 군말 없이 따라갈 거라고."

"응. 꼭 전해줘. 우리 집 주소 알지?"

혜원이가 방긋 웃으며 쳐다보았다. 그러자 또 나머지 애들이 겁먹은 목소리로 말했다.

"야, 혜원아."

혜원이는 애들이 우는 소리를 하든 말든 젓가락으로 태평스 럽게 반찬을 집어 먹었다. 그리곤 날 바라보았다.

"야 근데 영화에서 보면 귀신 부르고 그러던데 그런 거 하면 볼 수 있지 않아?"

"뭐 강령굿 하고 그러면 볼 수 있지."

"우리 해보자."

혜원이가 씩 웃었다.

"안 돼."

"왜?"

답답해서 혜원이를 쳐다보았다.

"해본 적이 없어서 어떻게 하는지 모른다고."

"그런가."

"저번에 보니까 안 그래도 한 성질하던데 괜히 불렀다가는 난리 칠 게 뻔해. 빽 하면 죽을래 하는데."

말하다 보니까 또 재수 없는 얼굴이 떠올랐다. 그 차가운 냉기 서린 얼굴. 아, 재수 없어. 나도 모르게 중얼거리다가 입맛이 떨어져 수저를 내려놓았다. 혜원이가 그런 날 보고 고개를 갸우뚱하며 말했다.

"흠. 다른 귀신이면 그냥 하는 소리라고 할 수 있는데, 저승사자가 죽을래 하고 말하는 건 좀 그렇겠다."

"그러니까. 일단은 시키는 대로 조용히 있어야지."

"그러네. 저승사자 보나 했는데."

혜원이 아쉽다는 듯 말하더니 주위를 두리번거렸다.

"어? 애들 어디 갔냐?"

그 말에 주위를 보자 정말 민주와 채원이, 유리가 안 보였다.

"어?"

고개를 쭉 빼서 안을 휘둘러보았다. 그때 나와 혜원이 쪽을 힐끔거리며 식당 문을 나서는 애들이 보였다. 혜원이가 날 따라 고개를 돌렸다. 혜원이와 눈이 마주치자 애들이 기겁을 하고 도망갔다. 그걸 보자 짜증이 났다.

"야, 너 때문이잖아."

"내가 뭐?"

그런 소리를 하며 혜원이가 내 식판의 콩나물무침을 집었다.

"안 먹을 거지?"

"그래."

포기한 채 고개를 끄덕였다. 혜원이가 내가 남긴 음식을 싹싹 먹어 치우고 있다. 그러고 보니 궁금하기는 궁금하네. 그때 알아본다고 했는데 어떻게 된 건지. 뭐 어떻게 된 건지 전후 사정을 알아보면 될 건데 왜 아직 연락이 없지? 혼자서 고개를 갸웃했다.

"뭐하냐? 가자."

혜원이가 건너편에서 일어서며 말했다. 어찌나 싹싹 먹어 치웠는지 식판이 아주 반짝반짝했다. 의자를 뒤로 밀며 일어서는데 기운이 없었다. 그걸 보더니 혜원이가 말했다.

"우리 이따 떡볶이 먹으러 갈까?"

"시장 앞 매운 떡볶이?"

골치도 아프고 스트레스도 받아서 매운 게 땡기긴 했다.

"응."

"그래, 가자."

수업이 끝나고 모두 떡볶이집으로 몰려갔다. 애들이 많은 유명한 집이라 늦게 가면 자리가 없었다. 우리가 들어가자 안쪽에 벌써 자리를 잡은 혜원이가 손을 흔들었다. 테이블에는 보기만 해도 침이 고이는 새빨간 떡볶이가 보글보글 끓고 있었다. 모두가 신이 나서 의자를 빼서 둘러앉았다.

"혜원이 최고."

채원이가 호들갑스럽게 칭찬했다.

"쫄면 퍼져. 빨리 먹어."

혜원이가 포크를 휘저으며 앞접시에 쫄면을 퍼담았다. 칭찬보다 먹는 게 급한 혜원이였다. 각자 쫄면을 건져 먹기 시작했다. 나도 쫄면을 포크로 둘둘 감아 먹었다. 맛있다. 그리곤 포크로 떡을 찍어 국물을 잔뜩 묻혀 입에 넣었다. 순간 입안에서 올라오는 화끈한 매운맛. 입이 다 얼얼했다. 얼른 유산균 음료를 한 모금 마시고 다시 떡볶이를 찍어 우물거렸다. 스트레스가 확 날아가는 기분이었다. 그때 뒤에서 차가운 목소리가 들렸다.

"야. 너 뭐하냐?"

화들짝 놀라 소리 나는 쪽을 보았다. 바로 옆에 팔짱을 끼고 쳐다보고 있는 저승사자가 보였다.

"저요?"

"그래, 지금 뭐 하냐고?"

짜증이 가득한 목소리였다. 보란 듯이 손으로 테이블을 가리켰다.

"떡볶이 먹고 있는데요?"

허공을 보며 말하고 있는 나를 애들이 쳐다보았다.

"뭐야, 뭐야?"

채원이와 민주, 유리가 잔뜩 겁먹은 얼굴로 물었다. 차사는 다른 애들은 무시하고 손으로 떡볶이를 가리켰다.

"저게 떡볶이라는 거냐?"

"네."

대답하며 포크로 떡볶이를 찍어 입에 넣었다. 그러자 차사가 주먹을 꽉 쥐고 얼굴을 일그러뜨리며 고개를 숙였다.

"야."

"네?"

무슨 일인지 몰라 어리둥절했다. 이윽고 차사가 고개를 들었다. 얼굴이 새빨개져 있고 엄청 화가 난 모습이었다.

"그 이상한 걸 왜 먹어?"

차사가 소리를 지르며 버럭 했다. 그런데 일순 내 얼굴 앞으로 무슨 손이 왔다 갔다 했다. 쳐다보자 혜원이가 신이 난 표정으로 허공을 손으로 휘젓고 있었다.

"왔어? 왔어?"

민주와 채원이, 유리는 그런 혜원이를 보며 무섭다는 듯 오들오들 떨고 있다. 허공을 마구 휘젓고 있는 혜원을 차사가 힐끔 보았다.

"앤 또 뭐야?"

그걸 보자 아차 싶었다. 얼른 벌떡 일어섰다.

"나, 화장실."

소리치고는 재빨리 테이블을 떠났다. 뒤통수로 목소리가 날아왔다.

"어딜 가?"

차사가 묻든 말든 대꾸도 하지 않고 가게를 빠져나왔다. 뒤에서 차사가 따라오는 기척이 났다. 가게 뒤쪽의 사람이 안 다니는 계단에 섰다. 그리곤 홱 돌아봤다.

"갑자기 나타나면 어떡해요?"

"뭐가?"

차사가 뚱한 표정으로 되물었다.

"갑자기 나타나면 난 그쪽이 보이지만 딴 사람은 안 보이는데, 아무것도 안 보이는 데다 얘기하면 사람들이 어떻게 보겠냐고요?"

"아. 그건."

그제야 자기 실수를 깨달았는지 차사가 아차 하는 표정을 지었다.

"나보고 쓸데없는 짓 하지 말고 가만히 있으라고 하고선 자기는 갑자기 나타나서 사람들 다 쳐다보게 말 걸고."

계속 식식거렸다. 차사가 낭패한 표정을 지었다

"그건…"

"저승에선 그런 기초적인 것도 안 가르쳐줘요?"

팔짱을 끼며 힐끔 쳐다봤다. 그러자 차사가 기분이 상한 듯 내뱉었다.

"그건 네가 이상한 거 먹으니까 그렇잖아."

"이상한 거? 떡볶인데?"

눈을 깜빡이며 쳐다보았다.

"일하는데 갑자기 입이 불나면서 화끈거려 무슨 일인가 해서 와봤더니 네가 이상한 거 먹고 있었잖아. 생각하니까 지금도 화끈거리네."

차사가 입을 벌리고 손으로 부채질을 했다.

"어휴."

"살아 있을 때 매운 거 안 먹어봤어요?"

"이게 매운 거냐? 입에서 불이 나는데. 마늘이나 달래는 먹어 봤지만 이런 건 먹어본 적 없어. 생긴 것도 시뻘겋고 이상하게 생겨가지고. 으, 매워."

"시뻘겋고 이상한 거? 고춧가루?"

눈을 깜박였다.

"고춧가루 먹어본 적 없다고요?"

"없어. 내가 살 땐 그런 거 없었어. 가까이서 당하니까 더 화 끈거리네. 나 바쁘니깐 그런 이상한 거 먹지 말고 빨리 들어가. 나 간다."

"아니, 저."

차사가 픽 가버렸다. 번쩍 들었던 손을 툭 하고 떨어뜨렸다. 온 김에 뭐 좀 물어보려고 했는데 자기 할 말만 하고 픽 가버렸다. 아니, 저 뭐야. 다시 봐도 재수 없어. 머리를 휘휘 저으며 떡볶이집으로 돌아갔다. 자리로 오자 벌써 떡볶이를 다 먹고 혜원이가 국물에 밥을 볶고 있었다. 다른 애들은 겁먹은 눈으로 날 바라보았다.

"혜수야. 아까?"

유리의 눈동자가 불안하게 흔들렸다.

"어, 맞아. 저승사자."

"꺄악."

민주와 채원이, 유리가 동시에 소리를 질렀다. 그리곤 애들이 무서워하는 얼굴로 주위를 두리번거리기 시작했다.

"지금 같이 있어? 같이 있어?"

민주가 소리치며 주위를 돌아봤다. 그러자 열심히 밥을 볶고 있던 혜원이가 주걱을 들고 내 얼굴 앞에서 휘적거렸다.

"아니, 갔어."

"갔어?"

혜원이가 아쉽다는 얼굴로 주걱을 내렸다. 그리곤 다시 열심히 밥을 볶았다.

"왜 왔대?"

유리가 조심스러운 목소리로 물었다.

"떡볶이 때문에 왔대."

"뭐? 떡볶이?"

앞접시에 덜어놓은 떡볶이를 집어 먹던 민주가 화들짝 놀라 내려놓았다.

"응, 떡볶이."

"떡볶이가 왜? 무슨 일 나?"

채원이가 놀란 듯 몸을 내밀고 소리쳤다.

"아니. 떡볶이 먹으면 자기가 맵다고 먹지 말래."

"뭐?"

애들이 기가 막힌 듯 입을 쩍 벌리고 날 쳐다보았다. 혜원이는 밥을 볶다가 웃음을 터트렸다.

"풉. 야, 그것 때문에 온 거래? 떡볶이 때문에."

"응. 짜증 나."

"그럼 너 이것도 못 먹겠다. 아싸, 신난다."

혜원이가 먹음직스럽게 볶은 밥을 주걱으로 뜨며 소리쳤다. 그런 혜원이의 손에서 주걱을 빼앗아 밥을 푹푹 떴다.

"못 먹긴 왜 못 먹어?"

"야. 그러다 저승사자 다시 쫓아오면 어쩌려고 그래?"

"먹고 바로 유산균 음료 마시면 되지. 맵다고 하기 전에."

입에 볶음밥을 넣고 씹다가 잽싸게 유산균 음료를 들이켰다. 작전이 통했는지 차사가 오지는 않았다. 하지만 매운맛을 느끼기도 전에 유산균 음료를 마시니까 입이 달기만 하고 화끈하고

개운한 맛이 없다. 아, 머리가 쭈뼛쭈뼛 서는 얼얼한 매운맛. 애들이 매운 볶음밥을 맛있게 먹는 걸 쳐다보았다. 할머니가 신장이 생기면 할 수 없는 일도 생긴다고 했는데, 먹는 것까지 간섭하는 건 짜증이 났다. 아니 무슨 내가 매운 거 먹으면 자기도 매우니까 먹지 말라는데 무슨. 먹는 건 난데 왜 자기가 맵냐고, 내가 먹는데 자기가 맵다고, 자기가 맵다고? 자기가 맵다 이거지. 나도 모르게 입꼬리가 쓱 올라갔다.

저녁을 먹은 뒤 내 방으로 들어왔다. 냉장고에서 가져온 유산균 음료를 책상 위에 올려놓았다. 그리곤 가방에서 닭꼬치를 포장한 봉투를 꺼냈다. 봉투를 열어 닭꼬치를 집었다. 매운 냄새가 확 퍼졌다. 동네에서 맵기로 소문난 닭꼬치였다. 사 온 지 꽤 시간이 지났는데도 소문대로 닭꼬치에서 코를 찌르는 매운 냄새가 났다. 그리곤 아줌마에게 부탁해서 따로 포장해온 매운 소스도 꺼냈다. 소스 통의 뚜껑을 열자 매운 냄새가 확 올라왔다. 순간 눈물이 핑 돌았다. 닭꼬치에 매운 소스를 듬뿍 찍어, 바로 입에 넣었다. 닭꼬치가 들어가자마자 입안에서 불이 났다. 코로 뜨거운 김이 훅 뿜어져 나오고, 머리가 핑 돌았다. 침을 삼켰더니 목구멍이 타들어 갔다.

"야! 너!"

갑자기 옆에서 천둥을 치듯 커다란 고함소리가 울렸다. 재빨리 유산균 음료를 들이켰다. 잠시 후 매운 게 가라앉으며 등에서 식은땀이 흘렀다.

"야. 너 그 뭐야. 이상한 거 먹지 말라고 했지."

돌아보자 차사가 화가 잔뜩 난 얼굴로 서 있었다. 저승사자라서 그런지 맵거나 화가 났다고 얼굴이 빨개지거나 하지는 않았다. 그 모습을 보며 눈을 말똥말똥 뜬 채 대답했다.

"떡볶이요?"

"그래. 떡볶이. 그거 먹지 말라고 했지?"

"이거 떡볶이 아닌데요."

닭꼬치를 들어 보여주었다.

"그건 또 뭐야?"

"이거요. 닭꼬치요."

"닭꼬치면 닭고기 꼬치구이?"

"예."

머리를 끄덕였다. 차사가 짜증이 난 표정으로 쳐다보았다.

"너 거기 이상한 짓 했지? 그러지 않고서야 닭고기 꼬치구이가 매울 리 없잖아."

"이상한 짓 안 했는데. 그냥 소스만 찍었어요."

소스 그릇을 들어 올렸다. 그러자 차사가 손을 내저으며 한 걸음 물러섰다.

"딱 봐도 이상한 거네. 그러니까 닭고기 꼬치구이가 그렇게 맵지."

"아닌데."

고개를 갸웃하며 소스 그릇을 코앞에 대고 킁킁 냄새를 맡았다.

"야, 하지 마. 맵잖아."

차사가 코를 손으로 싸쥐며 얼굴을 찡그렸다.

"냄새는 내가 맡는데 왜 거기서 맵다고 난리예요?"

궁금해서 물었다.

"신장은 무당과 연결되어 있어서 무당이 느끼는 걸 신장도 같이 느낀다고. 그러니까 냄새 그만 좀 맡아. 코 매워 죽겠네."

"아, 그렇구나. 근데 지금 그쪽에서 명령할 상황이 아닌 거 같은데요."

닭꼬치에 매운 소스를 듬뿍 찍어 번쩍 들었다.

"야, 하지 마."

"누구랑 다르게 전 매운 걸 무지무지하게 좋아하거든요."

"하지 마."

"아직도 명령하시네."

흘낏 보며 닭꼬치를 입으로 가져갔다.

"잠깐. 잠깐."

차사가 손을 내저었다. 입으로 가져가던 닭꼬치를 내려놓았다. 저승사자가 팔짱을 끼고 책상 한쪽에 기대섰다.

"인사나 하자고요. 난 강혜수."

손을 내밀었다.

"알아. 2004년 8월 9일 출생. 강혜수. 선정고등학교 2학년."

"어? 알아요?"

놀라 되물었다. 왠지 나를 안다고 하니까 기분이 좋아졌다.

"그 정돈 알아. 궁금한 게 뭐야?"

"그쪽 이름은 뭐예요?"

"나? 난 정해수."

퉁명스러운 대답이 돌아왔다.

"저 나이는…"

"죽은 지 12갑자 넘었는데 나이는 뭐하러?"

역시 또 퉁명스러운 대답. 열심히 손으로 꼽았다.

"12갑자면 720년. 고려시대? 우와 엄청 조상님이시네."

놀라 눈을 깜박거렸다. 얼굴은 내 또래로 보이는데. 보기와 달리 나이가 많아서 놀랐다.

"그래. 조상님이다, 조상님. 조상님한테 말투하고는."

피식했다. 말을 하다 보니 이제 좀 풀린 모양이었다.

"근데 보기에는 안 많아 보이는데요. 겉보기에는 나랑 비슷해 보이는데."

"어렸을 때 죽었으니까 그런 거지."

"어렸을 때 죽었어요?"

"그래. 열여섯인가 열일곱일 때 그때 죽었어."

"아아."

그제야 머리를 끄덕였다. 그러자 다시 궁금한 게 떠올랐다.

"그때 뭘로 죽었는데요?"

"몰라. 기억 안 나. 너 물어볼 게 그런 것들이야?"

"아, 네 뭐. 사실 아까 그래서 매운 거 먹으면 다시 오나 궁금하기도 했고요."

혀를 쏙 내밀며 웃었다. 그러자 다시 차사가 벌컥 화를 냈다.

"야, 장난해? 나 아까 입에 불이 붙어 죽는 줄 알았거든."

씨익 노려보며 다가왔다. 그 서슬에 놀라 재빨리 닭꼬치를 매운 소스에 찍어 입으로 가져갔다. 그걸 보고 차사가 손을 들었다.

"잠깐. 대화로 풀자."

"그러시죠."

닭꼬치를 내려놓으며 빙글빙글 웃었다.

"저걸 그냥 확 끌고 가버릴 수도 없고."

차사가 아쉽다는 듯 혀를 찼다. 그제야 눈치를 보며 물었다.

"명부 없으면 못 데려가죠?"

"그래."

"명부는 언제 나와요?"

"매일 자정."

"그 전엔요?"

"나도 몰라. 명부가 나와야 그날 누가 죽는지 알아."

"그렇구나."

저승사자라고 아무나 데려갈 수 없다는 걸 알고 나자 덜 무서워졌다. 차사가 팔짱을 풀고 몸을 세웠다.

"다른 건 없지? 없으면 간다."

"잠깐만요. 저번에 알아보고 얘기해주겠다고 하셨는데, 그거 어떻게 됐어요?"

빤히 쳐다보았다.

"그거 뭐?"

"우리요."

손으로 나랑 차사를 번갈아 가리켰다. 그러자 다시 차사가 책상에 기대며 머리를 가로저었다.

"나도 몰라."

좀 짜증이 난 목소리로 대답했다.

"예?"

"차사가 신장이 된 건 이번이 처음이래. 그래서 저승에서도 그것에 대해 아는 사람이 없어."

"그럼 전 어떡해요?"

"네가 뭐?"

"아니 그렇잖아요. 내림굿을 했으니 나도 무속인인데, 점을 치거나 굿을 해야 되는데 점을 치자니 그날 죽을 사람밖에 모르니 도움이 안 되고, 굿을 하자니 오는 게 저승사자라 할 수도 없고 어떡하냐고요?"

어깨를 툭 떨어뜨리며 처량한 표정을 지었다.

"넌 공부나 해. 아직 어린 게 무슨 굿을 한다고. 그리고 점치거나 그런 건 내가 해주는 게 아니라 네 능력으로 하는 거잖아.

신장은 통로만 열어주는 거지 이승에 개입하는 게 아니거든."

눈을 부라리며 딱 잘라 말했다.

"예? 알고 계셨네."

혀를 쏙 내밀었다. 차사가 눈을 부라렸다.

"쪼끄만 게 누굴 속이려고? 지금 바쁜 일 있으니까 네 일은 나중에 얘기하자."

"그럼 전 어떡해요?"

"어떡하긴. 당분간 하던 대로 해. 괜히 이상한 거 먹거나 하지 말고."

차사가 책상 위의 닭꼬치를 보며 인상을 팍 썼다.

"그럼 연락은 어떻게 해요?"

"무슨 연락?"

"아니 뭐 궁금하거나 필요한 말 있으면 연락해야 하잖아요. 여기처럼 폰으로 할 수도 없고."

눈치를 보며 쭈뼛쭈뼛 말했다.

"나도 몰라. 네 할머니한테 물어봐."

심드렁하게 대꾸했다. 하긴 저승사자가 신장이 된 게 처음이라니 모를 수도 있겠다. 손으로 촛불을 들고 있는 시늉을 하며 쳐다보았다.

"촛불 끄면 와요?"

"내가 도깨비냐?"

"그럼 램프 문지르면?"

"그건 지니고."

"밤 12시에 묘지에서 이름 부르면?"

"그건 연애할 때 하는 거잖아."

"그럼 저승사자는 어떻게 불러요?"

"몰라. 오늘 죽을 사람 옆에서 기다려봐. 그럼 나타나겠지. 난 몰라. 간다."

차사가 그런 소리를 하고 휙 사라졌다. 암튼 싸가지 제 할 말만 하고 가버린다. 내가 못할 줄 알아. 먼저 할머니에게 전화를 걸었다.

"응, 할머니. 나야."

"혜수냐? 별일 없지?"

"응. 금방 왔다 갔어."

"차사님이 오셨다 가셨다고?"

할머니가 놀란 목소리로 되물었다.

"응. 왔다 갔어. 근데 할머니."

"응, 혜수야."

"신령님 어떻게 불러?"

"신령님이야 강신굿을 하거나 치성을 드리면 대답을 해주시지."

"그건 어떻게 하는 거야?"

"그게 그렇게 바로 되는 게 아니고, 원래는 처음부터 순서대로 해야 하는데, 혜수 넌 그런 과정 없이 바로 내림굿을 해서."

"그러니까 알려줘야지."

"내 조만간 한번 가마. 가서 어디서부터 해야 할지 보자꾸나."

할머니가 한숨을 내쉬었다.

"그래, 할머니 언제 올 거야?"

"지금 일이 있어서 담주 말이나 돼야겠다. 그때 보자."

"응, 알았어."

전화를 끊고 팔짱을 꼈다. 일주일이나 어떻게 기다려. 다른 걸로 한번 해볼까. 방에서 나와 주방으로 갔다. 방금 설거지를 한 듯 그릇들이 포개져 있고 아무도 없었다. 불 한번 꺼볼까. 싱크대의 서랍을 뒤적뒤적했다. 아빠가 담배를 안 피우니 그 흔한 라이터도 없었다. 서랍을 닫고 고개를 들었다. 레인지의 불을 켜서 꺼보려고 해도 가스가 아니고 전기 인덕션이라 할 수가 없었다.

주방을 두리번거렸다. 그렇다고 보일러 불을 켜서 불을 붙일 수도 없고. 그때 어떤 생각이 번개처럼 떠올라 후다닥 서랍을 열어 생일날 쓰고 남은 성냥을 찾았다. 성냥을 북 그어서 불을 붙였다. 타오르는 성냥불을 힘껏 훅하고 불었다. 성냥불이 꺼지고 하얀 연기가 피어올랐다. 아무 일도 없었다. 남은 성냥들을 하나씩 그어가며 불을 붙이고 훅 불어 껐다. 그래도 아무런 일도 일어나지 않았다. 아, 이건 정말 도깨비한테만 되는 거구나.

방으로 들어와 인터넷을 뒤졌다. 강신굿은 전부 무당이 굿해준다는 광고뿐이지 강신굿하는 방법이 나온 곳은 없었다. 이번에는 소환술을 찾아보았다. 소환술은 게임이나 판타지, 웹툰 얘기가 대부분이고 간혹 마법진 같은 걸 올려둔 곳이 있다. 마법진을 보다가 혜원이가 준 게 떠올라 가방을 뒤졌다. 꺼내 보자 종이에 소환 마법진 소환술이 프린트되어 있었다. 종이를 팔랑거리며 씨익 웃었다. 알아서 부르라고 했겠다.

방바닥에 마법진의 방향을 맞춰 펴놓고 옆에 물을 따른 컵을 놓았다. 주문을 외우고 마법진에 피를 떨어뜨리라고 되어 있다. 어떤 게 나올지 모르니까 피를 물에 섞어 묽게 만들어 실험해 보기로 했다. 손가락 끝을 살짝 찔러 피 한 방울을 물에 떨어뜨렸다. 그리고 설명서의 주문을 외우고 마법진에 피가 섞인 물을 한 방울 떨어뜨렸다. 그러자 마법진에서 빛이 나더니 뭔가가 튀어나왔다.

질겁하고 한발 물러나서 보니 거미였다. 거미는 천장에 거미줄을 쫙 쏘더니 위를 뚫고 사라졌다. 휴, 살아있는 게 아니었구나. 고개를 갸웃했다. 너무 피가 적어서 그런가. 주문을 외운 후 이번에는 피를 좀 더 섞은 물을 마법진 위에 뿌렸다. 그러자 마법진에서 더 강한 빛이 뿜어져 나왔다. 빛이 너무 밝아 쳐다볼 수가 없었다. 빛이 사라진 뒤 돌아보니 마법진 가운데 커다란 쥐 한 마리가 있었다. 쥐는 찍찍거리며 이쪽저쪽을 미친 듯이 달리며 요란법석을 떨더니 벽 속으로 뛰어들었다. 후유. 놀라서 가슴을 쓸어내렸다. 마음을 진정시키려고 크게 숨을 내쉬었다. 그래도 뭐가 오긴 오네. 다시 해봐야지. 이번에는 그냥 피만 써 볼까. 주문을 외우고 손가락을 짜 피 한 방울을 마법진 가운데 떨어뜨렸다. 마법진에서 엄청나게 강한 빛이 뿜어져 나왔다. 방 바닥도 심하게 흔들렸다. 강하게 빛나는 마법진 가운데서 뭔가 희디흰 형체가 솟아올랐다.

"날 부른 게 그대인가? 난 너그러운 신 제럴드라고 한다."

흰색 슈트에 하얀 구두를 신은 남자가 마법진 가운데서 날 내려다보았다. 왁스를 발라 넘긴 금발 머리가 반짝거렸다.

"저… 부르긴 했는데 그쪽을 부른 건 아닌데요."

그 소리에 남자의 입꼬리가 살짝 뒤틀렸다. 하지만 남자는 금세 화사한 미소를 지으며 말했다.

"부끄러워할 거 없다. 난 너그러운 신이다. 그러므로 자신의 부족함을 부끄러워할 필요 없다."

"아, 안 불렀다고요."

"나는 너그러운 신이다. 그러니 부끄러워할 필요 없다."

"안 불렀다고요."

어휴. 너그러운 신 어쩌고 하는 걸 보면 신장은 맞는 것 같은데 내 말은 무시하고 자기 할 말만 했다.

"나는 너그러운 신이다. 그러니 부끄러워하지 말고 네가 원하는 걸 얘기해보라."

그 소리에 한숨을 푹 쉬었다. 혜원이 이걸 죽여 버려? 대체

걔는 뭘 준 거야? 팔짱을 끼고 남자를 똑바로 쳐다보았다.

"저기요, 신장 아저씨."

"그래. 이제는 이 너그러운 신을 받아들일 마음이 들었느냐? 잘 생각했도다."

왁스 바른 금발 머리를 두 손으로 쓸어 넘기며 남자가 말했다.

"자, 이제 그대의 소원을 말해 보거라. 안타깝게도 내가 그대의 연인이 되어주지는 못하노라."

느끼한 목소리로 다시 말했다. 그때 뭔가 금발 머리의 뒤통수를 빡 하고 때렸다.

"어떤 놈이야?"

금발 머리가 화를 내며 휙 돌아보았다.

"앗. 차사님."

저승사자를 본 금발 머리가 깜짝 놀라 90도로 고개를 숙여 인사했다.

"넌 뭐야?"

"넵, 연습생 688기 노기한, 차사님을 뵙습니다!"

금발 머리가 차렷 자세로 두 발을 딱 붙이고 소리쳤다.

"그래, 됐고. 가봐."

저승사자가 가라는 손짓을 했다.

"그 그럼 여기가 차사님의…"

날 힐끔 보며 금발 머리가 말을 더듬었다.

"그래, 그러니까 가봐."

"네. 알겠습니다."

우렁찬 소리와 함께 금발 머리가 휙 사라졌다. 어, 그래도 부르니까 오긴 오네. 속으로 좋아하는데 신장이 눈을 부라렸다.

"야, 부르니까 뭘 와. 네가 이상한 짓 하니까 온 거지."

"그걸 어떻게 알아요?"

"네 생각 정도는 다 보여."

"근데 왜 오셨어요?"

"나도 몰라. 뭐가 니글니글하고 근질근질해서 뭐 하나 봤더니 이상한 짓 하고 있대."

차사가 휙 째려보았다.

"저거 말곤 나온 거 없어?"

"… 그게."

쭈뼛쭈뼛 책상다리를 발로 툭툭 건드렸다.

"뭐?"

"… 저 사실은 거미하고…"

"또?"

"쥐요."

"더 없어?"

"그게 단데요."

"세 번 만에 신장을 불렀으면 그래도 재주는 있네."

차사가 말하며 손을 들어 딱 소리를 냈다. 그러자 벽을 뚫고 사라졌던 거미와 쥐가 마법진 위로 떨어졌다. 차사가 손짓하자 환한 빛이 나타나며 그 속으로 쥐와 거미가 사라졌다. 차사가 돌아서며 책상 위의 마법진 종이를 보더니 손을 흔들었다.

"야, 너 저게 뭔지 알아?"

"뭔데요?"

"저거 악마 소환하는 진이거든."

"예에?"

"네가 내림굿 했으니까 저 정도 나오고 만 거지. 저거 잘못하면 지옥에서 악마 불러오는 거야, 저거."

"정말요?"

꼭 놀이동산에서 드롭타워를 탔을 때처럼 간이 오그라들고 심장이 쿵 소리를 내며 떨어졌다. 다리가 후덜덜 떨렸다.

"우리나라에서 저걸로 신장 부르는 거 봤냐?"

"아뇨."

기어 들어가는 소리로 대답했다.

"너희 할머니 뭐래?"

"담주에 오신다고…"

눈치를 보며 쭈뼛쭈뼛 말했다.

"그럼 그때까지 조용히 있어라. 쓸데없는 짓 말고."

버럭 했다.

"뭐 위험한 일 있으면 부르라고 했잖아요."

"그건 네가 알아서 하고."

"제가 뭐 다치거나 하면 아는 거예요?"

"그렇겠지. 지금까지 하는 거 보면. 저런 놈 나온 거 가지고 내가 니글니글 근질근질해지는 거 보면."

"그럼 우리 신호 하나 정하죠."

"뭐?"

내키지 않은 표정으로 쳐다보았다.

"제가 새끼손가락을 깨물면 오는 걸로요."

"그래, 일단 다른 거 없으니까, 그래, 그럼. 내가 오는 걸로 할게."

귀찮은지 살짝 눈을 찌푸렸다. 그 모습이 왠지 시크해 보였다.

"간다."

"네."

신장이 획 하고 사라졌다.

"뭐야? 어려운 것도 없잖아."

어깨를 추어올리며 양손을 폈다. 침대에 몸을 던지며 휴대폰을 열어 톡으로 혜원이를 불렀다.

-야, 장혜원 너 이거 어디서 뽑은 거야?

-왜 뭐 나왔어?

혜원이가 잽싸게 대구했다.

-이상한 거 나왔잖아. 짜증나.

-뭐? 뭐가 나왔는데?

-몰라. 생각하기도 싫어.

-어, 그거 효과 있나 보다. 나도 해봐야지.

-야, 그거 악마 부르는 거래.

-그래서 악마 나왔냐?

-아니, 이상한 놈 나왔어.

-그래서?

-그래서 어떻긴. 저승사자가 와서 쫓아버렸지.

-야, 그래도 신장이 너 지켜주나 보다. 야, 강혜수. 좋겠다.

-내가 진짜 말을 말아야지. 나 잔다.

다른 말을 하기 전에 재빨리 핸드폰을 꺼버렸다. 베개에 머리를 올리고 말똥말똥한 눈으로 천장을 올려다보았다. 문득 팔을 들어 새끼손가락을 보았다. 날 지켜주는 게 있다는 생각으로 왠지 마음이 든든했다. 그래도 신장은 신장이네. 뒤돌아서는 모습이 머릿속에 떠올랐다. 그래도 잘생기긴 잘생겼단 말야. 나도 모르게 흐뭇한 미소가 지어졌다.

9월 26일

해수

산들바람이 불고 있는 따스한 가을 아침이었다. 구름이 떠서 천천히 흘러가고 있다. 창문을 닫고 커튼을 쳤다. 컴퓨터를 껐다. 또 뭐 빠트린 게 없나 안을 휘휘 둘러보았다.

문을 잠그고 계단을 내려와 성큼성큼 지하철역으로 걸었다. 산들바람이 머리칼을 들추었다. 맑은 하늘 아래 새들이 재재거리고 있다. 가로수의 잎들이 햇살에 반짝반짝 빛났다. 등에 작은 가방을 멘 아이가 노란색 유치원 버스에 올라타고 있다. 밖에서 지켜보던 엄마가 손을 흔들자 버스가 부웅 소리를 내며 떠났다.

스웨터를 입은 노인이 개를 데리고 공원 쪽으로 가고 있다. 개는 조금 걷다 킁킁 냄새를 맡고 딴청을 했다. 그때마다 노인은 허리를 펴고 나무나 하늘을 바라보았다.

웃음소리에 돌아보자 공원에서 커플이 느릿느릿 자전거를 타고 있다. 둘 다 트레이닝복 차림이다. 두 사람은 천천히 페달을 밟으며 웃음을 터트렸다. 그 옆으로 인라인을 탄 아이가 스처 지나갔다. 머리에 쓴 헬멧이 노란 딱정벌레 같았다. 아이는 아직 푸릇푸릇한 나무들 사이로 금세 사라졌다.

지하철역의 계단 앞에서 할머니가 비둘기들에게 모이를 주고 있다. 모이 냄새에 비둘기들이 사방에서 날아들었다. 이 시간쯤이면 익숙한 풍경이다. 할머니는 구부정한 어깨를 움츠리고 앉아 바닥에 열심히 모이를 뿌렸다. 이윽고 다리가 저린 듯 끙하고 벤치에 올라앉았다. 할머니는 입가에 옅은 미소를 띠고 모이를 먹고 있는 비둘기들을 보고 있다. 구부정한 어깨, 할머니의 흰 머리칼에 춤추듯 내려앉는 햇살. 하얗게 흘러가는 흰 양떼 같은 구름 아래 비둘기들이 구구구 울었다.

2층의 플랫폼에 서서 지하철을 기다렸다. 플랫폼은 넓고 한산했다. 유리돔 천장에 환한 햇살이 쏟아져 내렸다. 지하철을 타려는 사람들이 느긋하게 서서 기다리고 있다. 창틀에 손을 짚고 서서 거리를 보는 사람, 커피를 홀짝이는 사람, 작은 소리로 조용조용 통화하는 사람까지 대체로 한산했다. 기둥에 기대서서 지하철을 기다리며 핸드폰으로 뉴스를 훑었다.

새끼 물범이 스타벅스 커피병을 입에 물고 있는 모습이 사진으로 공개돼 인류가 버리는 쓰레기에 대한 경각심을 불러일으키고 있다. 지난 2일 BBC 등 영국 현지 언론은 링컨셔에 위치한 도나 누크 해변에서 지난주 촬영된 새끼 회색 바다표범의 사진을 보도했다. 공개된 사진 속 새끼 물범은 놀랍게도 누군가 먹고 버린 스타벅스 병을 입에 문 채 애처로운 눈빛으로 카메라를 쳐다보고 있다. 현지 환경단체들은 이 사진이 인간이 물범과 다른 해양 동물에 어떠한 악영향을 미치는지 극명하게 보여준다면서, 해양 쓰레기는 국제적인 문제로 정부의 노력은 물론 민간과 개개인이 환경을 보호하기 위해 더욱 많은 노력을 기울여야 한다고 촉구했다.

카메라를 쳐다보고 있는 새끼 물범의 까만 눈은 슬퍼 보였다. 뉴스 속의 새끼 물범이 물고 있는 커피병이 유독 눈에 들어왔다.

지하철에서 내리자 건물 1층 커피전문점으로 들어갔다. 차례를 기다리며 서 있는데 문득 커피 향이 궁금해졌다. 이곳에서는 살았을 적 습관대로 먹고 마시지만 음식의 맛을 느끼지도 못하고 향을 맡을 수도 없다. 그런데 언젠가부터 나와 연결된 여자아이가 먹는 음식의 맛이 느껴지기 시작했다. 살아생전 매운 것을 먹어본 경험이 없는 내가 입속이 얼얼할 정도의 매운맛을 처음 느껴보았다.

커피를 사서 사무실로 들어왔다. 겉옷을 벗어 옷걸이에 걸어두고 의자를 당겨 앉았다. 그리곤 사 들고 온 커피를 책상에 내려놓았다. 건너편의 문규가 고개를 들었다. 그런 문규에게 물었다.

"너 커피 냄새 맡아본 적 있어?"

"나, 그거 안 마시잖아."

"마셔본 적 없어?"

"야, 내가 죽은 게 언젠데. 그땐 커피가 없었잖아."

"하긴."

"왜?"

의자를 빙글 돌리며 물었다.

"아니, 걔가 뭘 먹으면 그게 그대로 느껴지더라고."

"맛이?"

문규의 눈이 커다래졌다.

"어어."

"야, 좋겠다."

"좋기는."

입안이 화끈거리던 게 생각나 고개를 홰홰 저었다.

"왜? 뭐가 느껴졌어?"

"말도 마. 어휴, 입이 화끈거려서 고생했다. 요새 애들은 왜 그렇게 이상한 걸 먹나 몰라."

"뭘 먹는데?"

"애들 먹는 것 중에 떡볶이라고 하는 거 있지."

"응."

"겁나 매워. 어휴, 하필이면 제일 처음 먹은 게 그거라서 죽는 줄 알았다."

"그래서?"

"아, 가서 뭐라고 하고 왔지."

"그래?"

"그랬더니 밤에 더 매운 거 먹더라."

"진짜?"

"응. 일부러 나 고생시키려고 그랬나 봐."

"야, 애잖아."

문규가 위로의 말을 건넸다. 그렇지. 애긴 애다. 그래서 문제다. 어른이라면 마구 다룰 수가 있는데, 그럴 수도 없고. 어휴, 차사가 신장이 되는 것도 우스운데 하필 영매가 어린애라니.

"그게 다가 아니다."

머리를 절레절레 흔들었다.

"또 뭐?"

"야 너 전에 마법진 본 적 있지?"

"응."

"야, 그것 가지고 소환했더라."

"뭘? 야, 그것 잘못하면 큰일 나는 거 아냐."

"응. 다행히 소환된 게 거미랑 쥐랑 연습생 하나 됐더라."

"연습생이 소환됐다고. 그거 원래 악마 소환하는 거 아냐?"

문규가 코를 벌름거리며 물었다.

"아, 근데 나랑 돼서 그런지 내림굿을 해서 그런지 다행히 악마는 소환 안 되고 그 연습생 하나 소환됐더라고."

"누구?"

"노기한."

"아, 개?"

문규가 피식하며 고개를 저었다.

"그래, 그 연습 안 하고 땡땡이치는 놈."

"하필 왜 또 개가 되가지곤."

"그러게나 말이다."

"그래서 너 아까 커피 맛이 궁금해진 모양이구나."

"어. 걔가 마시면 맛이 어떤 건지 알 수 있잖아."

내가 고개를 끄덕끄덕했다.

"하긴. 요새 사람들이 그거 많이 마시지. 뭐가 좋기는 한 것 같은데 우리가 알 수가 있나."

문규가 내 책상에 놓인 커피를 보며 말했다.

"개한테 먹어보라고 할까?"

"그래, 해봐. 이따 갈 거 아냐."

"어."

"이따 봐서 해봐."

문규가 자리에서 일어섰다. 일을 하러 가는 모양인지 명부를 챙겨 사무실을 나갔다. 나는 휴대폰으로 명부를 보며 시간을 체크 했다. 아직 시간이 남아 컴퓨터로 이상열에 대한 문서를 불러왔다. 지난번 보다가 도중에 그만둔 자료들을 다시 훑어보기 시작했다. 한참 자료를 보다가 일을 하러 가기 위해 사무실을 나섰다. 외선으로 나가는 지하철을 타러 거리를 빨리 걸었다.

오전의 일은 다 끝마쳤다. 마지막 영혼을 사무실에 인도하고 밖으로 나섰다. 지상을 내려다보았다. 점심을 먹은 여자아이가 친구들과 어울려 벤치에서 노닥거리고 있는 게 보였다. 잠깐 그 모습을 보다가 밑으로 쑥 내려갔다. 바쁠 때면 물론 지하철을 타지 않는다.

　"야."

　"아, 깜짝이야."

　여자아이가 펄쩍 뛰며 소스라쳤다. 친구들이 주위를 두리번거리며 왔어? 왔어? 하고 묻자 여자아이가 "왔어" 하며 고개를 끄덕였다.

　"따라와."

　"네."

　여자아이가 공손하게 대답하며 벤치에서 일어섰다. 여자아이를 데리고 친구들과 좀 떨어진 화단 옆으로 갔다. 여자아이는 대체 왜 이러나 하는 눈으로 쳐다보고 있다.

　"너 커피 마시냐?"

　"저 고등학생이에요."

　"그래서?"

　"커피 마시면 키 안 큰다고요."

　뽀로통한 얼굴로 입을 쑥 내밀었다. 그러고 있으니까 볼이 통통한 게 제법 귀여운 데가 있다.

"그래서 아예 안 마셔?"

"뭐 아예 안 마시는 건 아니고…"

"그럼 지금 한번 마셔봐."

"지금요? 커피 없잖아요."

여자아이가 어깨를 으쓱하며 쳐다보았다.

"사 오면 되잖아."

"학교는 커피 안 팔아요."

"밖에는 팔잖아."

"수업 안 끝나면 학교 못 나가요."

여자아이가 시큰둥하게 고개를 저었다.

"그러냐?"

"네. 안 돼요."

"너 몇 시에 끝나?"

"오늘 끝나고 보충하고… 그럼 6시?"

"아, 그때는 내가 일이 있는데."

머릿속으로 스케줄을 떠올리며 손으로 턱을 만졌다.

"그 담엔?"

"그 담엔 학원 갔다가…"

여자아이가 화단 옆의 풀을 보며 우물우물 대꾸했다.

"학원엔 몇 시까지 있어?"

"그러니까 학원에서 집에 가면 11시가 넘으니까…"

눈을 아래로 내리뜨며 우물거렸다. 그 모습을 빤히 보다가 물었다.

"너 학원 안 다니지?"

"아, 아니… 네에."

여자아이가 고개를 푹 숙였다. 내가 팔짱을 끼고 머리를 흔들자 고개를 더 깊이 숙였다. 이제 누구 앞에서 거짓말을 하고 있다는 걸 깨달은 표정이다.

"죄송합니다."

"몇 시에 끝나?"

"5시요."

"8시에 커피 한 잔 뽑아놓고 기다려. 일 끝나고 다시 올 테니까."

"네에."

여자아이가 공손하게 대답했다. 하지만 마음속은 이렇게 말하고 있다. 확 그냥 매운 떡볶이 먹을까 부다.

"근데 밤에 커피 마시면 잠 못 자는데."

우물쭈물 눈치를 보며 말했다.

"한 모금이면 돼. 한 모금."

얘기하며 휴대폰을 들여다보았다. 이제 일하러 갈 시간이라 서둘러 그 자리를 떠났다.

밤에 여자아이한테 찾아갔더니 커피 한 잔을 올려두고 책상 앞에 앉아 있었다. 차가운 커피인지 컵 바깥에 물방울이 맺혀 있다.

"이거 좋은 거냐?"

"돈도 안 주면서…"

혼자서 꿍얼꿍얼하더니 휙 쳐다보았다.

"좋은 거예요."

"마셔봐."

"이런 걸 왜 시키는지…"

여자아이가 커피에 손을 뻗으며 또다시 꿍얼거렸다. 그리곤 컵을 기울여 커피를 한 모금 들이켰다. 순간 내 입속으로 커피의 진한 향이 가득 퍼졌다. 눈을 감고 그 맛을 음미했다.

"아, 이 맛이구나."

처음 느낀 커피의 맛에 취해서 머리가 어질어질했다. 쓴맛이 나는 것 같으면서도 달고 달착지근한 맛 속에 신맛까지 감돌 았다.

"뭐가요?"

"아니, 됐고. 한 모금 더 마셔봐."

여자아이가 흘끔 보더니 다시 컵을 기울여 한 모금을 삼켰 다. 으음, 숨을 깊이 들이마셨다. 입과 코가 미어지도록 커피 향 이 맡아졌다. 좋아, 좋아, 좋아. 나도 모르게 머리를 끄덕였다.

"뭐 하세요?"

여자아이가 물었다.

"커피 맛 느끼고 있잖아."

"처음 마시는 거예요?"

"처음이지. 700년 전에 죽었으니까. 그때 커피가 있었겠냐."

"저승엔 커피 없어요?"

눈을 동그랗게 뜨고 되물었다.

"있는데 마셔도 우리는 아무런 감각을 못 느껴."

"근데 지금은 어떻게…"

"지금처럼 영매와 연결이 됐을 때 느끼는 거지."

"그럼 지난번도 그런 거예요?"

"응, 그러니까 그렇게 이상한 거 먹지 마라. 입이 타는 거 같았어. 그런 걸 왜 먹냐?"

"아, 스트레스 풀리고 좋아요."

"야, 그런 걸 먹었는데 어떻게 스트레스가 풀려?"

"풀리죠. 화끈하고 좋잖아요."

"딴 건 모르겠고 그건 진짜 아니더라."

내가 손을 내저었지만 여자아이는 계속 뭐가 문제지? 하는 표정을 짓고 있다.

"그거나 한 모금 더 마셔봐."

"아, 잠 못 잔다니까요."

여자아이가 눈을 흘겼다.

"그래 그럼, 마지막이다, 마지막."

그 소리에 여자아이가 다시 커피를 한 모금 홀짝 마셨다. 입안 가득 퍼지는 커피 향기에 기분이 좋았다.

"한 모금만 더."

"아, 잠 못 잔다니까."

"뭐, 필요해? 뭐 들어줄까?"

그때 생각난 게 있었다.

"받아 적어. 5, 17, 22, 38."

"에, 그게 뭐예요?"

"로또 번호."

"1등?"

열심히 받아 적던 여자아이가 눈을 반짝였다.

"아니, 4등."

"에."

"내가 몇 개 불러줬냐?"

"네 개요. 부르는 김에 다 불러주지."

"그건 안 돼. 천기야."

딱 잘라 거절했다.

"그걸로 커피값 되잖아."

그 순간 등으로 뭔가 섬찟한 기운이 훑고 지나갔다. 재빨리 문을 박차고 밖으로 튀어나왔다. 불길한 기운을 쫓아 건물을 건너뛰며 달렸다. 눈앞에 어떤 병원이 나타났다. 안으로 뛰어들자 신입 차사가 바닥에 쓰러져 있는 게 보였다. 얼른 달려들어 신입 차사를 깨웠다. 신입 차사는 머리에 손을 댄 채 얼굴을 찡그렸다.

"어, 차사님."

"무슨 일이야?"

"예. 저도 갑자기 정신을 잃어가지고…"

어리둥절한 눈으로 사방을 두리번거렸다. 그때 바로 추격팀이 내려왔다.

"어떻게 된 거야?"

"악귀에게 당한 것 같습니다."

내가 말하고 있는데 신입 차사가 자리에서 일어났다.

"예. 시간 다 돼서 일 시작하려고 하는데 갑자기 정신을 잃어서…"

"그럼, 자네는 어떻게?"

추격 팀장이 물었다.

"무슨 이상한 낌새가 느껴져 바로 왔습니다."

복도 저편의 영안실을 바라보았다. 열린 문 틈새로 애가 죽었는지 엄마로 보이는 여자가 울고 있고, 간호사가 침대를 정리하고 있는 게 보였다. 추격 팀장이 팀원들에게 조사해보라고 이른 뒤 다시 나를 돌아보았다.

"그래, 무슨 특별한 일은?"

"저도 못 봤습니다. 제가 왔을 때는 신입이 이미 정신을 잃고 있었습니다."

"그래요. 앞으로 무슨 일이 있으면 바로 연락 주고. 여긴 우리가 할 테니까 가보세요."

그러면서 신입을 손짓으로 불렀다.

"올라가서 대기하고 있고. 해수 차사도 낼 잠깐 사무실로 오세요. 보고서를 써야 될 테니까. 목격자로."

"네, 알겠습니다."

병원에서 나와 다시 여자아이의 방으로 돌아왔다.

"저 무슨 일이에요?"

"뭐 그럴 일 있어. 별다른 일은 없었고?"

"네. 뭐 없죠."

여자아이가 책상 앞에 앉아 빨대로 커피를 쪽쪽 빨아먹고 있다.

"너 잠 못 잔다며?"

"아참."

무의식중에 먹고 있었던 듯 여자아이가 화들짝 놀랐다. 그러더니 후다닥 커피를 책상 위에 내려놓았다.

"한 모금 더 마셔."

여자아이가 입을 삐죽하더니 한 모금을 쭉 들이켰다. 하아, 향기 좋다. 눈을 감자 좀 전에 본 살풍경한 병원 영안실이 지워졌다.

"나 간다."

뒤도 안 보고 휙 방을 빠져나왔다. 찜찜한 기분에 어둠 속을 휙휙 달려 지하철역으로 향했다. 지하철의 선로 바닥에 사뿐히 내려앉았다. 고개를 들고 앞을 바라보았다. 저 앞이 이상열을 마지막으로 놓쳤던 곳이다. 그곳에 손을 올려놓자 방금 지나갔는지 약한 기운이 느껴졌다. 이곳 어딘가에 아직 놈이 숨어 있다. 천천히 고개를 들고 주위를 살피다가 입술을 물었다. 여기에 진즉 왔으면 어쩌면 놈을 잡았을지도 모른다. 그게 너무 아쉬웠다.

9월 27일

혜누

　커피머신에 캡슐을 넣고 커피를 내리기로 했다. 처음 해보는 거라 왼손에 폰을 들고 사용법을 보며 따라 했다. 먼저 뚜껑을 열어 캡슐을 넣고 버튼을 눌렀다. 조금 있자 커피가 방울방울 떨어지기 시작했다. 야, 나온다. 커피가 나오는 동안 캡슐 종류를 검색했다. 돌체구스토, 아모도미오 미누, 네스프레소, 버츄오…. 찾아보니 집에 있는 캡슐 커피는 기본적인 종류였다. 사람들이 추천을 많이 하는 커피에 호기심이 생겼다. 맛이 다르거나 향기가 좋은 것일까. 돌아보니 커피잔에 커피가 다 나왔다. 주방 가득 커피 향기가 퍼졌다. 커피가 다 나온 뒤 캡슐을 빼서 엄마가 모르게 꽁꽁 싸서 쓰레기통에 버렸다. 그리곤 캡슐 하나를 주머니에 넣고 커피잔을 들어 향기를 맡았다. 커피 향이 향긋하게 느껴졌다. 커피잔을 들고 방으로 들어왔다.

　"향이 좋네."

　커피를 좋아한다고 해서 혹시나 했는데 역시 와 있었다.

　"안녕하세요."

"응, 안녕. 커피 어디 거야?"

방으로 들어오는 나를 호기심 어린 눈으로 쳐다보았다.

"이거 캡슐 커피에요. 네스프레소라고 제일 기본적인 거라고 하던데요."

커피잔을 책상에 놓고 주머니에서 캡슐을 꺼내 보여주었다.

"그래? 캡슐 커피도 향이 좋네."

저승사자가 고개를 끄덕끄덕하며 말했다. 그리곤 날 빤히 바라보았다. 왜 나를 보는 건지 몰라 멀뚱멀뚱 쳐다보았다. 그러자 저승사자가 눈짓으로 커피잔을 가리켰다. 그제야 무슨 소리인지 알고 커피를 홀짝하고 한 모금 마셨다. 입에 커피의 쓴맛이 확 올라왔다. 아직 커피 맛이 좋은지는 모르겠다. 하지만 향은 좋았다. 앞을 보자 저승사자가 침대에 걸터앉아 눈을 감고 커피 맛을 음미하고 있다. 향이 날아가면 또 고개를 들고 날 쳐다보았다. 그 눈길에 다시 홀짝 커피를 마셨다. 그럼 다시 저승사자가 눈을 감고 커피를 음미했다. 몇 번을 그리고 나자 갑자기 뻘쭘한 생각이 들었다. 내가 커피를 한 모금 마시면 건너편에서 눈을 감고 커피 맛을 음미하고 있는 게 이상해 보였다.

"저기, 저…"

그 소리에 저승사자가 돌아보았다.

"뭐?"

"이게 좀 그래서요."

"응?"

"내가 마시면 그쪽에서 눈 감잖아요."

무슨 말인지 모르겠다는 듯 저승사자가 멀뚱멀뚱하게 쳐다보았다.

"그게…"

"커피 맛 음미하는 건데 뭐."

"그러니까 그쪽은 아무것도 안 하고 있다가 내가 커피 마시면 눈감고 음미하는 게 이상하지 않아요?"

말을 하다 보니 찝찝한 생각이 들어 얼굴을 찡그렸다.

"그건 감각이 공유되어 있어서 그런 거잖아."

당연한 얘길 왜 물어 하는 표정이었다.

"그건 아는데요. 내가 커피 마시면 가만히 있다가 음미하는 건 좀…"

"이상해?"

"예. 좀 그래요."

"그런가? 그럼 어떻게?"

그제야 그런 생각이 드는 듯 고개를 갸웃했다.

"그게, 제가 마실 때 뭘 같이 마신다거나 하면 그게 좀 덜할 것 같은데."

"왜 그렇게 해야 하는지 모르겠지만 그게 편하면 뭐."

저승사자가 손을 휙 하자 테이크아웃 커피가 담긴 컵이 나타났다. 저승사자가 컵을 들어 마시자 나도 재빨리 커피를 한 모금 마셨다.

"이러면 돼?"

"네. 헤헤."

웃으며 고개를 끄덕였다. 그제야 뻘쭘하던 기분이 좀 풀렸다.

"지금은 안 바쁘세요?"

쭈뼛쭈뼛 눈치를 보며 물었다.

"이따 보고서 하나만 쓰면 돼. 넌 학교 안 가냐?"

"오늘 토요일인데요."

"학교 안 가는데 일찍 일어났어? 평소 일찍 일어나냐?"

"아뇨."

"근데 왜?"

"아저씨 보려고요."

생긋 웃었다.

"나?"

"저번에 와서 개들 쫓아 주셨잖아요."

"아하 그거."

"그때 인사도 제대로 못 했는데 감사합니다."

고개를 꾸벅 숙였다.

"부모님이 제대로 가르치셨네. 음 좋아 좋아."

저승사자가 얼굴에 함박웃음을 지으며 고개를 끄덕였다. 그 소리에 기분이 좋아 내가 헤헤거리며 웃었다. 저승사자가 향을 맡으려는 듯 컵을 코에 갖다 대자 내가 얼른 커피 향기를 맡았다. 그리곤 저승사자가 커피를 홀짝 마시자 내가 얼른 한 모금을 삼켰다. 그러자 저승사자가 만족스러운 표정을 지었다.

"아, 요샌 캡슐 커피도 잘 나오는구나."

저승사자의 말에 속으로 피식했다. 먹어본 적도 없으면서. 물론 나도 아직 커피에 대해서는 잘 모르지만 머리를 끄덕끄덕했다.

"근데, 진짜 12갑자 사셨어요?"

"그게 뭐?"

"그냥 보면 저랑 비슷해 보여서…"

눈이 마주치자 후다닥 내리깔았다.

"죽을 때 모습 그대로 있으니까 그렇지."

"그럼 나이 들어서 돌아가신 분은?"

"그때 모습대로 있는 거지."

"그럼 외모랑 나이랑?"

눈을 깜박이자 차사가 피식했다.

"아무 상관없지."

"그럼 죽어서 이쁘려면 일찍 죽어야겠네요?"

"꼭 그런 건 아냐."

"왜요?"

"가봐. 겉모습 별로 안 중요해."

"예? 왜요?"

"뭐 하루이틀 볼 것도 아니고 몇 백년 볼 건데 겉모습이 뭐 중요하겠냐."

팔짱을 끼고 피식피식했다.

"아…"

"그리고 겉모습이 늙었다고 움직이는 게 느린 것도 아니거든."

"아."

"겉모습이 팔팔하다고 움직이는 게 팔팔한 것도 아니고, 영혼인데. 거기선 똑같아."

"아. 그렇구나."

입을 벌리고 머리를 끄덕끄덕했다.

"그리고 나이 차이 같은 건 살아 있을 때나 그렇지. 죽어봐라. 뭐 500살이나 600살이나 백 살 차이가 얼마나 난다고."

"아하."

눈만 껌벅거렸다.

"그럼 제가 뭐라고 불러야…"

"뭐 부르는 대로 불러야지."

"그래도 저승사자라고 하기에는 그렇잖아요."

"그런가."

"그렇죠. 무슨 뭐 아기동자니 장군이니 그런 것도 아니고…"

"같이 일하는 차사들은 한 번 부르고 말아서 신경 안 썼는데 듣고 보니 그렇긴 하네."

저승사자도 수긍이 간다는 듯 고개를 끄덕였다.

"그럼 저 어떻게?"

"글쎄."

좋은 생각이 나지 않는 듯 고개를 갸우뚱했다.

"그때 이름이 해수라고 하셨던 거 같은데…"

"응. 정해수. 넌 '혜'자가 '여이'지? 난 '아이'."

"그럼 혹시 우리가 이름이 비슷해서 된 걸까요?"

커피를 홀짝이면서 저승사자와 나를 번갈아 가리켰다. 저승사자가 피식했다.

"야, 그럼 너희 할머니는 이름이 신령이라서 신령님하고 됐냐?"

"아뇨."

"너희 할머니는 선 자도 안 들어가잖아."

그 소리에 고개를 끄덕끄덕했다.

"뭐 그럴 수도 있겠지만 그건 아닌 거 같다."

"그럼 어떻게?"

"그냥 이름 불러."

"해수님? 그럼 저는."

"넌 뭐?"

"저는 뭐라고 부르실 거예요?"

"넌 그냥 너지."

"저도 이름이 있는데."

배시시 웃었다.

"생각 좀 해보고. 하는 거 봐서."

그 소리에 커피를 한 모금 마셨다.

"응, 그래."

저승사자가 눈을 감고 미소를 띠고 커피를 음미하고 있는데 어디선가 핸드폰 벨 소리가 울렸다. 해수 차사가 주머니에서 폰을 꺼내 통화를 했다.

"아, 예. 정해습니다. 아, 예. 예. 알겠습니다. 그럼 바로 찾아 뵙도록 하겠습니다."

전화를 끊는 걸 보고 눈이 휘둥그레진 내가 물었다.

"저승에도 핸드폰 있어요?"

"다 있어. 너도 나중에 죽어보면 알 거야."

"아, 그렇구나."

신기해서 머리를 끄덕였다.

"그럼 별일 없으면 나 간다."

해수 차사가 휙 사라졌다가 다시 휙 하고 나타났다.

"야, 너 내일도 커피 마실 거야?"

"… 아마도."

"그럼 몇 시에?"

"어, 8시요."

"그때 보자."

그러면서 다시 픽 하고 가버렸다. 뭐야. 눈을 깜박이며 저승 사자가 앉았던 자리를 물끄러미 보았다. 그리곤 커피를 한 모금 마시고는 눈을 감았다. 감은 눈 너머로 잘생긴 해수 차사의 얼굴이 어른거렸다.

눈앞에 쇼핑몰이 펼쳐져 있다. 좀 전에 햄버거로 점심을 먹은 후 애들과 함께 안을 돌아다니고 있었다. 3층에 진열되어 있는 옷들을 보더니 민주가 흥분해서 쫓아갔다. 채원이도 신난 얼굴인데 꾸미는데 별 관심이 없는 혜원이만 시큰둥한 표정이었다.

"어, 저거다. 저거."

마네킹에 입혀놓은 카키색 스웨터를 가리키며 민주가 팔짝팔짝 뛰었다.

"혜수야, 이거 맞지?"

"응, 그러네."

대충 고개를 끄덕였다. 아까 햄버거를 먹을 때 민주한테 네가 찾는 물건은 동쪽 중간에 있을 거라고 했더니 그 옷을 보자마자 달려갔다.

"그래, 이거 내가 정말 갖고 싶었던 거야."

민주가 마네킹의 스웨터를 벗겨내며 호들갑을 떨었다. 그걸 보며 혜원이가 날 쳐다보았다.

"너 족집게인데."

"야, 다음은 어디? 다음은 어디?"

민주가 옷을 사더니 쇼핑몰 안을 망아지처럼 색색거리며 뛰어다녔다. 채원이도 질세라 민주가 옷을 사면 무조건 따라 샀다. 유리는 셔츠 하나만 사고 돈이 없다며 그 뒤로는 그냥 구경

만 했다. 그러면서 채원이와 민주가 들어가는 가게마다 쫄레쫄
레 따라다녔다. 옆에서 나란히 가던 혜원이가 돌아보았다.

"또 왔어?"

"응, 아침에."

"자주 오네. 네가 불렀어?"

눈을 가늘게 뜨며 웃었다.

"응."

"어떻게?"

혜원이의 눈이 동그래졌다.

"걔 완전 커피 중독이야."

"그래?"

"어. 커피 마시면 귀신같이 달려와."

"귀신이 커피 중독? 근데 저승사자도 귀신인가?"

혜원이가 머리를 갸웃하면서 사람들이 줄 서서 기다리는 커
피 가게를 손짓했다.

"저기서 커피 한 잔 뽑으면 오겠네."

"그럴까 봐 지금 안 마시잖아."

다리가 아파 눈앞의 벤치에 주저앉았다. 혜원이와 같이 앉아
있는 동안 민주, 채원이, 유리는 셋이서 신나게 싸돌아다니고
있었다. 세 명은 한참 지난 후 이쪽으로 왔다. 유리만 빼고 민주
와 채원이의 손에 옷 봉투가 가득 들려 있다. 유리가 벤치에 앉
더니 우리를 돌아보았다.

"야, 우리 타로 카페 갈래?"

안을 둘레둘레 보고 있는 유리에게 혜원이가 말했다.

"야, 수정구슬 봐주는 데가 있대. 요새 거기 핫하대."

혜원이가 의미심장한 눈빛으로 날 보며 눈을 찡긋했다. 그냥 무시했다. 민주와 채원이도 재미있겠다며 발을 동동 굴렀다.

"가자, 가자. 재밌겠다."

그래서 함께 몰려갔다.

지하철역에서 내려 거리로 나섰다. 쇼핑백을 들고 타로 카페로 향했다. 조금 걸었는데 민주와 채원이가 아직 멀었냐고 징 징거렸다. 한적한 대로변을 벗어나 골목으로 들어갔다. 좀 전까지 사람들로 시끌벅적했는데 이쪽은 조용했다. 담벼락을 따라 커다란 나무가 서 있고 뒤편은 주택가였다. 유리가 여기 근천데 하고 주위를 돌아보는데 혜원이가 앞쪽을 가리켰다. 모두 혜원이를 따라 카페로 들어갔다. 타로 카페답게 향냄새가 은은하게 풍기고, 천장에 실크 커튼이 늘어져 있다. 핫한 곳이라 빈자리가 없었다. 겨우 구석 자리를 차지하고 앉아 음료수를 주문했다.

"저기 수정구슬 보러 왔는데요?"

"수정구슬은 바빠서 한 30분 정도 기다려야 하는데 괜찮겠어요?"

주문을 받고 돌아서던 알바생이 물었다.

"네, 괜찮아요."

테이블에 놓인 음료수를 마시면서 기다렸다. 민주와 채원이는 쇼핑백에서 사 온 옷들을 끄집어냈다. 유리까지 셋이 붙어서 옷들을 보며 수다를 떨었다. 벽에는 룬 문자와 펜타그램, 마법진 같은 것들이 장식으로 그려져 있었다. 혜원이가 폰으로 사진을 찍고 인터넷에 나온 것과 비교했다. 신이 나서 눈이 아주 반짝반짝했다.

잠시 후 실크 베일을 머리에 두른 여자가 수정구슬을 들고 우리 자리로 왔다. 자리마다 칸막이와 붉은 발이 처져 있다. 여자가 테이블 위에 수정구슬을 내려놓고 테이블 아래의 의자를 꺼내서 앉았다.

"학생들이네? 오래 기다렸지? 누구부터 할까?"

웃음을 띠며 우리를 돌아보았다.

"저요."

채원이 손을 들며 앞으로 다가앉았다. 얼굴이 벌써 발그레해져 있다.

"이름이?"

"저 채원이요. 송채원."

수정구슬을 어루만지며 여자가 말했다.

"채원이가 알고 싶은 게 뭘까? 연애?"

"어머, 어떻게 아셨어요?"

여자가 베일 아래로 신비로운 미소를 지으며 말했다.

"여기, 구슬을 보면 다 나와. 그럼 채원이 연애운이 어떨지 볼까?"

벽에 붙어 앉아 룬 문자를 한참 동안 해독하던 혜원이 내 옆으로 다가앉았다. 채원이는 한껏 흥분한 얼굴로 여자와 구슬을 번갈아 보았다.

"채원이는… 너 사귀는 사람 있구나."

"어, 어떻게 아셨어요?"

채원이가 화들짝 놀랐다. 그러자 혜원이가 내 옆에 붙어 앉아 소곤거렸다.

"쟤 얼굴만 봐도 남친 있는 거 뻔히 다 알겠다."

"그치. 티 나지."

"저렇게 티 나는데 모르는 게 이상하지."

혜원이의 말에 내가 피식하며 고개를 끄덕였다.

"너네 어떻게 알았어? 난 몰랐는데."

민주가 우리를 보며 두 눈을 동그랗게 뜨고 쳐다보았다. 그러자 유리가 싱긋 웃으며 말했다.

"애 우리 반 애들 다 알고 나면 알잖아."

턱으로 민주를 가리켰다. 떠들고 있는 우리를 채원이가 휙 쳐다보았다.

"야, 조용해 좀 해봐. 그래서요. 저하고 그 오빠하고 어떻게 돼요?"

채원이가 한껏 상기된 얼굴로 눈을 깜박거렸다. 여자가 수정구슬을 어루만졌다.

"어디, 음, 안 좋아."

"안 좋아요?"

채원이 깜짝 놀란 목소리로 소리쳤다.

"응. 지금처럼 매달리면 안 좋아. 남자가 떠나."

"거봐. 내가 너 너무 매달린다고 했지."

옆에서 유리가 종알거렸다.

"그럼 어떻게? 그 오빠 인기가 장난 아닌걸. 조금만 틈 보이면 다른 애들이 달려든단 말야."

채원이가 입을 툭 내밀었다. 그걸 보고 혜원이가 내게 속삭였다.

"저 정돈 너도 하겠다. 야, 근데 맞냐?"

혜원이의 채근에 손으로 짚어보았다. 그리곤 고개를 끄덕했다.

"응. 깨져."

"언제?"

"다담 달? 남자애 지금 양다리야."

작게 소곤거리며 혜원이와 동시에 킥킥거렸다.

"야, 근데 저거 진짜 수정 맞을까?"

혜원이가 물었다.

"수정 비싸잖아. 유릴거야."

"그치."

혜원이와 다시 킥킥거리는데 여자가 흘끗 나를 쳐다보았다. 마치 떠드는 게 신경 쓰인다는 표정이었다.

"불안해도 너무 달라붙지 말고 적당히 신비감을 줘야 남자는 다가와."

"그럼 그 오빠가 절 좋아할까요?"

"그럼. 그렇게 하면 남자친구가 널 더 좋아하게 되고, 둘이 오래오래 잘살게 될 거야."

여자가 수정구슬을 어루만지며 대답했다. 그 소리에 채원이의 얼굴이 발갛게 달아올랐다.

"됐니? 다음은 누구?"

여자가 우리를 둘러보았다.

"저요."

"저요."

민주와 유리가 서로 손을 들었다. 그러나 여자의 눈이 나를 쳐다보았다.

"너는 이름이 뭐니?"

여자에게서 왠지 섬뜩한 기운이 느껴졌다. 그래서 손사래를 쳤다.

"저요? 전 됐어요."

"얘, 혜수예요. 강혜수."

잽싸게 혜원이가 이름을 말해주었다.

"나 안 봐."

"연애운 봐주세요. 얘도 남친 있거든요."

혜원이가 빙글빙글 웃으며 말했다.

"야."

버럭 하자 혜원이가 혀를 날름했다. 그리곤 다시 여자를 바라보았다. 관심이 가는지 다른 애들까지 여자를 향해 바짝 다가앉았다. 여자가 눈을 감으며 수정구슬을 만지기 시작했다.

"우리 혜수는 남자친구랑 어떻게 될까?"

"뭐라고 나와요?"

유리가 눈을 반짝이며 물었다.

"우리 혜수 남자친구가 나이가 많네."

"그죠."

"그죠."

애들이 웃으며 머리를 끄덕였다. 나이가 많다는 말에 짓궂은 표정을 하고 날 쳐다보았다. 우리 다 알지롱, 하는 표정들이었다. 나는 시큰둥해서 팔짱을 꼈다.

"그래서요?"

"혜수는 아주 좋다는데, 남자친구랑."

여자가 베일 너머 날카로운 눈빛으로 쓱 쳐다보았다. 남자친구랑 하는 대목에서 유난히 목소리가 싸늘해졌다. 베일에 가려진 얼굴에서 두 눈이 섬뜩하게 빛났다.

"둘이 잘 된대요?"

채원이가 촐싹대며 물었다.

"응. 둘이 잘 돼. 아주 잘 돼. 저승에서."

여자의 목소리가 굵어지더니 갑자기 내게 달려들어 목을 조르기 시작했다. 갑작스럽게 목이 졸리니까 숨이 컥 하고 막혔다. 여자의 손을 잡아떼려고 해도 어찌나 센지 꿈쩍도 안 했다.

"꺄약."

민주가 비명을 지르고 "여기요" 채원이가 의자를 박차고 밖으로 뛰쳐나갔다. 유리는 기절했는지 옆으로 쓰러졌다. 그 순간 빡 하는 둔탁한 소리와 함께 목을 조르던 여자의 손이 조금 느슨해졌다. 그제야 겨우 숨을 쉴 수가 있었다. 컥컥 숨을 뱉으며 보자 여자가 목을 조르던 두 손을 놓고 지금은 한 손으로 내 목을 누르고 있다. 다른 한 손으로는 수정구슬을 집어 든 혜원이를 집어던지고 있었다. 혜원이는 휙 날아가 벽에 부딪히고는 정신을 잃었는지 꿈쩍도 안 했다.

여자가 날 번쩍 들어 올려 벽에 밀어붙이며 다시 목을 조르기 시작했다. 숨을 쉴 수가 없었다. 이렇게 갑자기 죽을 줄 몰랐는데 하는 생각이 들자 눈물이 터졌다. 사람이 언젠가는 죽는다는 걸 알고 있었지만 이렇게 갑자기 죽을 거라고는 생각도 못 했다. 눈물이 계속 떨어졌다.

"오래 안 걸려. 금방 끝나. 가면 그 녀석에게 안부 전해줘."

여자가 쇠를 긁는 것 같은 남자의 목소리로 말했다. 여자의 말에 저승사자의 얼굴이 떠올랐다. 그 순간 퍼뜩 어떤 생각이 스쳤다. 지금 죽어가는데 저승사자가 보이지 않았다. 그럼 내가 지금 죽을 때가 아니라는 거네. 여기서 벗어날 방법을 찾아야한다. 어떻게 방법이 없나 두리번거리는데 벽을 더듬는 내 손이 보였다. 그러자 저승사자의 얼굴이 손에 겹쳐지고, 새끼손가락에 눈길이 꽂혔다. 주저 없이 새끼손가락을 들어 있는 힘껏 깨물었다.

"정신 차리려고 애쓰지 마. 이제 다 끝나 가니까. 이제 그만… 이런 젠장."

여자가 헉 하는 소리를 냈다. 발소리와 함께 채원이가 카페 직원을 데리고 뛰어 들어왔다. 그때 여자의 뒤로 시커먼 게 튀어나갔다. 그리곤 여자의 손에서 힘이 빠지고 목을 누르고 있던 손이 풀렸다. 여자가 풀썩 바닥으로 쓰러졌다. 나도 의자에 떨어졌다. 그때 어떤 사람의 모습 같은 게 감은 눈 위로 어른어른 보였다.

"야. 강혜수. 괜찮아?"

그림자 하나가 다가와 물었다. 힘겹게 눈을 뜨자 저승사자의 모습이 어른거렸다.

"오셨네요."

민주와 채원이의 얼굴도 어렴풋하게 보이고 정신이 몽롱해졌다.

"혜수야. 정신 차려. 혜수야."

애들의 목소리가 멀리서 들렸다.

멀리서 웅성거리는 소리가 들렸다. 눈을 뜨자 밝은 빛이 쏟아져 들어오고 흐릿한 사람의 모습이 보였다.

"혜수야. 나 보여? 나 보여?"

어디선가 유리의 목소리가 들려왔다. 몇 번 눈을 감았다 뜨자 앞에 유리의 모습이 뚜렷해졌다.

"어? 여기 어디야?"

힘겹게 몸을 일으키자 유리가 얼른 달려와 몸을 부축해주었다.

"혜수, 깼어."

유리가 뒤를 돌아보며 소리쳤다. 그러자 민주와 채원이가 침대로 다가왔다. 그제야 안을 둘러보니 병원 응급실이었다. 언제 왔는지 엄마가 다가와 내 손을 잡았다.

"혜수야, 괜찮아?"

"글쎄, 잘 모르겠어."

머리를 흔드는데 의사와 간호사가 왔다. 체온과 맥박을 재고 의사가 눈에 불빛을 비추며 말했다.

"환자분 여기 잠깐만 보세요. 속이 울렁거리거나 어지럽지 않으세요?"

"네. 어지럽지는 않아요. 속도 괜찮고."

멍한 머리로 대답했다. 의사가 고개를 끄덕이더니 다시 물었다.

"환자분 여기가 어딘지 아시겠어요?"

"여기 병원이잖아요."

의사가 플래시를 떼고 일어나 허리를 폈다. 그리곤 간호사가 넘겨준 차트를 훑어보고 사인을 했다. 엄마가 의사에게 물었다.

"선생님. 괜찮나요?"

"예, 현재로서는 뇌에 손상은 없어 보입니다. 홍체반응도 정상이고. 환자가 안정되면 퇴원하셔도 되겠습니다."

"예. 감사합니다."

엄마가 안도의 한숨을 쉬었다.

"혹시라도 속이 울렁거린다거나 현기증이 있으면 바로 병원으로 오세요. 증상이 늦게 나타날 수도 있으니까요."

"예."

의사와 간호사가 돌아서서 다른 환자에게로 갔다. 다들 안도의 표정을 지었다. 엄마는 침대 한쪽에 앉아 내 손을 잡고 있고 반대편에는 유리와 민주, 채원이가 있었다. 그러고 보니 혜원이가 안 보였다. 그제야 카페에서 여자가 벽에 혜원이를 집어던지던 게 떠올랐다. 얼른 유리의 팔을 흔들었다.

"혜원이는?"

"지금 X레이 찍고 있어."

"많이 다쳤대?"

"왼팔이랑 갈비뼈가 몇 개 부러졌대."

채원이가 걱정스러운 얼굴로 대답했다. 그때 할머니가 침대 쪽으로 오는 게 보였다. 할머니의 뒤로 저승사자와 수염을 길게 늘어뜨린 할아버지가 같이 왔다. 할머니가 다가와 손으로 내 머리를 짚었다. 저승사자가 뒤를 돌아보았다.

"그럼 어르신 당분간 부탁드리겠습니다."

"그러시게. 다른 신장들과 같이 지켜보도록 하겠네."

할아버지가 수염을 쓰다듬으며 말했다. 그러자 저승사자가 할아버지에게 고개를 숙였다. 두 사람이 말하는 걸 보니 수염이 긴 할아버지가 할머니의 신장인 신령님 같았다. 저승사자가 다가와 침대 옆에 서더니 물었다.

"괜찮냐?"

대답을 해야 하나 말아야 하나 하는데 할머니가 눈치를 채고 똑같이 물었다.

"혜수, 괜찮니?"

"네."

할머니를 쳐다보며 대답했다. 하지만 대답은 저승사자한테 하는 것이다. 지난번처럼 그냥 허공에 대고 대답을 하면 또 친구들이 까무러칠 것이다. 저승사자가 옆의 친구들을 둘러보더니 고개를 끄덕였다.

"악귀가 널 노리는 것 같으니까 당분간은 할머니의 집에 있도록 해라."

다시 저승사자가 말했다. 그러자 할머니가 그 얘기를 듣고 내게 말했다.

"혜수, 당분간 할머니 집에서 지내자."

"네."

역시 할머니를 보며 대답했다. 엄마가 무슨 소리인가 하는 얼굴로 할머니를 돌아보았다. 할머니가 그런 엄마를 보며 천천히 고개를 끄덕였다. 그제야 엄마는 할머니가 신령님과 얘기한 거라는 걸 눈치채고 가만히 있었다. 엄마가 걱정스러운 눈길로 날 쳐다보았다. 그걸 보고 저승사자가 다시 말했다.

"악귀를 막기는 그곳이 좋다. 여기 어르신과 다른 신장들도 도와주기로 했다. 나도 별일 없으면 그리 가겠다."

저승사자가 걱정스러운 표정을 짓고 말했다. 내가 말없이 고개를 끄덕였다.

병원에서 나와 할머니의 집으로 왔다. 엄마가 작은 방의 옷장에 내 옷들을 집어넣었다.

"혜수야. 일단 내일 갈아입을 옷은 여기 있어. 나머지 짐은 내가 내일 챙겨올게."

"응. 엄마."

침대에 걸터앉아 대답했다. 방의 벽 여기저기에 부적이 붙어 있고, 천장의 모서리에 금줄이 쳐져 있다. 그리고 방 한쪽의 작은 테이블에 신상이 올려져 있고 그 앞에 향이 피워져 있다. 엄마가 날 돌아보았다.

"혜수야. 잘 준비해야지."

"응. 알았어."

잠옷으로 갈아입고 씻으려고 욕실로 향했다. 거실에 할머니와 저승사자, 아줌마들이 모여 뭔가 얘기를 하고 있었다. 이빨을 닦으면서 거울에 모습을 비춰 봤다. 목에 멍든 자국이 보였다. 이걸 어떻게 가리지? 교복으로 가려지지는 않을 거 같고. 커다란 살색 밴드를 붙일까? 목을 이리저리 돌려보며 한숨을 쉬었다.

씻고 욕실에서 나왔다. 아직도 거실에서 얘기 중이었다. 저승사자가 힐끗 나를 보았다. 눈이 마주치자 꾸벅 고개를 숙였다. 저승사자도 가볍게 목례를 하고 다시 신장들에게로 고개를 돌렸다. 방에 들어와 잘 준비를 하는데 똑똑 하고 노크 소리가 들렸다. 할머니인 것 같았다.

"네."

문이 열리고 저승사자가 들어왔다. 어라? 꾸벅 인사했다.

"구해주셔서 감사합니다."

"목은 좀 어때?"

"아프진 않아요. 멍이 좀 들어서 그렇지."

엉겁결에 손으로 목을 가리며 공손하게 대답했다.

"지금 자려고?"

"네."

"당분간 불을 켜두고 자. 악귀는 빛을 싫어하니까."

저승사자가 방 한쪽의 의자에 앉으며 말했다.

"네."

대답하며 저승사자를 보았다. 가만히 의자에 앉아 있었다.
침대 옆에 서서 어쩔 줄 몰라 하다가 말했다.

"근데 저…"

"뭐? 할 말 있어?"

"저 지금 자려는데."

침대와 저승사자를 번갈아 보며 우물쭈물 말했다.

"응. 자."

저승사자가 손을 펴서 침대를 가리켰다.

"거기 계속 계실 거예요?"

궁금한 표정으로 물었다.

"혹시 모르니 오늘은 지켜보려고. 신경 쓰지 말고 자."

"네."

지켜본다는 말에 왠지 기분이 좋아졌다. 나를 걱정한다는
소린가? 이불을 덮고 침대에 누웠다. 불빛을 가리려고 이불을
머리끝까지 끌어올려 덮었다. 눈을 감자 타로 카페에서의 일이
떠올랐다. 목이 졸려 정신을 잃으려는 순간 나타난 검은 슈트
의 저승사자. 걱정스러운 표정으로 쓰러지던 나를 재빨리 손
으로 받았다. 살며시 이불을 끌어 내리고 저승사자를 보았다.
뭔가 생각하는 듯 침대 너머의 벽을 바라보고 있다. 핏기없는
하얀 얼굴이 처음과 달리 무섭지가 않았다. 차갑게 보이지도
않았다. 날카로운 콧날이 보기 좋았다. 괜히 가슴이 두근두근
하며 콩닥거렸다. 혹시라도 저승사자가 눈치챌까봐 얼른 이불

을 끌어 올렸다. 악귀 때문에 죽을 뻔했다. 하지만 저승사자가 구해주었다.

눈을 감자 저승사자의 얼굴이 어른거렸다. 차갑지만 자신을 걱정해주는 얼굴. 무심한 듯하면서 지켜주는 게 멋있다. 나도 모르게 얼굴이 달아오르고 화끈거렸다. 이불에 가려 보이지는 않지만 저승사자의 존재가 느껴졌다. 마음이 놓이고 편안해졌다. 나도 모르게 스르륵 잠이 들었다.

9월 28일

해수

여자아이가 이불을 끌어당기며 눈을 감았다. 잠이 오지 않는지 한참을 부스럭거렸다. 그럼 그런 일을 당했는데 쉽게 잠이 올 리가 없다. 불이 켜진 환한 방에서 책상 앞의 의자에 조용히 앉아 있었다. 악몽을 꾸는지 이불 밖으로 떨어진 손을 꼭 쥐고 있다. 물끄러미 그 모습을 보았다. 자정이 지나자 문규가 방으로 들어왔다.

"팀장이 너 잠깐 오라는데. 추격팀에서도 찾고."

손으로 위를 가리켰다.

"그래? 너 지금 바빠?"

의자에서 일어서며 물었다.

"아니. 오전까지는 스케줄 없어."

"그럼 그때까지 애 좀 봐줘. 악귀가 계속 애를 노리는 것 같아."

"그럴 거 같아서 내가 온 거잖아. 가봐. 내가 봐줄게."

내가 일어난 의자에 문규가 앉으며 말했다.

"그럼 부탁한다."

문규에게 여자아이를 맡기고 올라갔다. 그리곤 곧바로 팀장을 찾아갔다. 팀장이 하던 일을 멈추고 쳐다보았다.

"대략적인 얘기는 추격 팀장에게 들었네. 그 악귀가 그 아이를 습격했다고?"

"예. 그렇습니다."

"거기는 어떤가?"

"다행히 부상이 크지는 않고 가벼운 상처 정도 입었습니다."

"그래? 뭐 어떻게 정신적인 충격은?"

"그건 없는 것 같습니다."

"잘 좀 살펴보도록 해. 일단은 어떤 이유에서인지 악귀가 계속 그 애를 노리고 있으니까 웬만한 자네 일은 다른 사람에게 넘길 테니까 그 아이만 잘 좀 살펴보도록 하게."

"예."

"추격팀에서도 요청이 왔으니까 그렇게 하는 걸로 하고 일단 그 친구 보호를 당분간 주요 업무로 하게."

"예, 알겠습니다."

"보고도 직접 와서 하지 말고 웬만한 건 전화 통해서 하고. 추격 팀장이 찾으니까 바로 올라가 봐."

"예. 알겠습니다."

사무실을 나와 바로 추격팀을 찾아갔다. 급하게 복도를 걸었다. 금빛 플레이트가 걸린 방의 문을 노크했다. 추격 팀장이 기다리고 있었다.

"어떻게 놈은 잡았습니까?"

"아니. 도망쳤어. 잽싼 놈이야. 찾느라고 흩어져서 찾다가 추격팀의 한 명을 쓰러뜨리고 도망쳤어."

추격 팀장이 팔짱을 끼고 의자에 기대앉았다. 놈이 갈수록 세지고 있다. 무릎에 얹은 손에 힘을 주었다.

"우리도 추격팀을 팀으로 나눠서 움직이기로 했네. 단독으론 도저히 잡을 수가 없을 것 같아. 그리고 그 친구한테 다른 거 들은 건 없나?"

"네, 없습니다. 그냥 친구들과 어울려 점을 보러 갔는데 빙의를 해서 덮친 것 같습니다."

"안 그래도 돌아오자마자 확인을 해봤는데 그 신장이 영매한테 빙의되려고 하는 순간 놈이 나타나 영매를 뜯어내고 들어갔네. 지금 그 신장도 크게 다쳐 요양 중이라고 들었어."

"아, 네."

"놈이 갈수록 강해지고 있네. 영매의 몸을 차지할 정도고 팀원도 다치고. 그래서 팀으로 움직이기로 했으니까 해수 차사도 각별히 조심하게."

"예, 알겠습니다."

고개를 끄덕이고 추격 팀장의 사무실을 나왔다. 엘리베이터를 기다리며 주머니의 휴대폰을 꺼내 문규에게 연락했다.

"아직 안 깼지?"

"응. 아직 자."

"지금 내려갈게."

밑으로 내려와 여자아이의 방으로 들어갔다. 문규와 헤어지기 전에 당부했다.

"너도 조심해라. 추격팀도 당했다고 하더라."

"우씨. 추격팀이 당할 정도면 이거 장난 아닌데."

문규가 얼굴을 찌푸리더니 방을 나갔다. 교대를 한 후 책상 앞 의자에 앉아 있었다. 조금 지나자 여자아이가 잠이 깨서 일어나 앉았다.

"안녕하세요?"

"어, 그래."

"저, 커피 마셔요?"

"아니, 얼른 준비해서 학교에 가자."

여자아이가 서둘러 준비를 마치고 함께 집을 나섰다. 목의 멍은 스카프를 둘둘 감아 감췄다. 잠을 푹 못 잔 듯 눈 주위가 어두웠다. 그런 악귀와 마주쳤는데 당분간 후유증이 있을 것이다. 어쩐지 안쓰러운 마음이 들었다.

"차사님. 오셨습니까."

여자아이의 할머니가 허리를 깊이 숙여 인사했다. 악귀의 접근을 막으려고 집안 곳곳에 금제를 쳐놓았다. 저 정도면 놈이 들어오는데 애를 먹을 것이다.

"오신다는 얘기 듣고 한 번 더 확인했습니다."

내 눈길을 좇으며 할머니가 공손하게 말했다.

"이 정도면 악귀들이 못 들어올 것 같습니다."

거실에 할머니에게 내림굿을 받은 영매들이 모두 모여 있었다. 나를 보고는 영매들이 일제히 일어나 허리를 숙였다.

"얘기는 들으셨습니까?"

할머니를 돌아보았다.

"네, 악귀에게 빙의되어 그런 일이 생겼다는 것만 들었습니다."

"그 악귀는 굉장히 강한 악귀입니다. 어떤 이유에선지 모르겠지만 그 전 사람에게 빙의되어 이미 세 건의 살상을 저질렀고, 악귀가 되어서도 살상을 저지르고 있습니다. 그렇기 때문에 우리도 일대일로 싸워서 잡기는 어렵습니다. 차사인 나도 일대일로 싸웠을 때 이길 수 있다고 자신할 수가 없습니다."

영매들이 긴장한 듯 여기저기서 침을 삼키는 소리가 났다. 공기가 무겁게 내려앉았다. 할머니의 낯빛이 창백해졌다.

"그렇게 강한데 이 금제로 지킬 수 있을까요?"

"아무리 강한 악귀라도 이 정도는 뚫고 들어오기가 힘들 것 같네."

거실에 있는 영매들을 둘러보았다. 얘기를 들은 듯 다들 겁에 질려 있고 의기소침한 분위기들이었다.

"지금 신장 부를 수 있는 사람 누구 있나?"

야한 옷차림의 젊은 영매가 손을 번쩍 들었다.

"저희 신장님이 부르면 잘 오시는데요."

"그럼 지금 불러보겠나?"

"예."

촉촉한 까만 눈동자와 붉은 입술의 영매는 즉시 눈을 감고 중얼중얼 주문을 외웠다. 그러자 잠시 후 댕기 머리를 하고 흰색 바지저고리를 입은 총각 귀신이 웃으면서 나타났다.

"그래, 무슨 일이야?"

헤벌쭉 웃었다.

"아니, 저."

젊은 영매가 내 쪽을 조심스럽게 가리켰다. 그러자 총각 귀신이 깜짝 놀란 듯 튕기듯 차렷 자세를 취했다.

"차사님, 오셨습니까!"

"우리 잠깐 좀 얘기하고 오지."

총각 귀신을 데리고 밖으로 나왔다. 사람들이 없는 아파트의 옥상으로 올라갔다. 바람이 부는 날이라 옥상의 팬이 덜덜덜 소리를 내며 돌아가고 있다. 옆에서 잔뜩 긴장하고 서 있는 총각 귀신을 돌아보았다.

"다른 신장들하고 연락되지?"

"아, 예."

"잠깐 좀 불러."

"옛. 알겠습니다!"

목청껏 소리치고는 저고리의 주머니에서 휴대폰을 꺼내 들었다. 그리곤 여기저기에 전화를 걸기 시작했다.

"저 오동구인데요, 잠시 모이셔야겠는데요."

잠시 후 총각 귀신의 연락을 받은 다른 신장들이 하나둘 나타났다. 금세 옥상에는 소환된 12명의 신장들로 북적거렸다.

"아씨, 뭐야."

투덜거리던 아기 동자가 날 보더니 바짝 얼어붙었다. 옆으로 장군과, 제물 신장, 날씨 신장, 장사 신장, 연애 신장, SNS 신장, 부동산 신장, 그리고 지혜 신장이 늘어서 있다. 기저귀를 찬 아기 동자는 손가락을 빨고 있고 제물 신장은 명품 양복에 넥타이를 맨 세련된 차림이었다. 장사 신장은 뒤룩뒤룩 살이 찐 뚱뚱한 아저씨가 불룩 나온 배 앞에 전대를 차고 있고, 지혜의 신은 에헴, 하고 수염을 기른 영감의 모습이다. 모두 나를 보더니 깊숙이 머리를 숙였다.

"차사님. 오셨습니까!"

"차사님을 뵙습니다!"

모두 옥상이 쩌렁쩌렁 울리도록 소리쳤다. 손을 내저었다.

"일단 편하게."

신장들이 긴장한 눈빛으로 날 바라보았다.

"악귀 소식 들은 사람 있나?"

세련된 정장을 입은 증권 신장만이 손을 들었다.

"제가 소식은 들었습니다. 저도 홍대에 있어서."

"다른 신장들은?"

주위를 둘러보자 딴 신장들은 모두 고개를 저었다.

"저희는 금시초문이라…"

"여기서 제일 나이 많은 게 누구야?"

좌중을 둘러보았다.

"어, 자네."

막대사탕을 쪽쪽 빨고 있던 아기 동자가 벌떡 일어나 다리를 붙이고 섰다.

"옛!"

"자네 지리산 악령에 대해 들은 거 있나?"

"저 혹시 500년 전인가 있었던 그 일 말씀하시는 건가요?"

아기 동자가 크고 까만 눈을 굴리며 고개를 주억거렸다. 아기 동자는 6갑자를 살았으니 조선시대의 지리산 사건을 알고 있는 눈치였다.

"응, 그 일. 그놈이 다시 활동하고 있다."

"네? 그때 안 잡혔어요?"

아기 동자가 펄쩍 뛰며 소리쳤다.

"못 잡았어. 그래서 그놈이 다시 6.25 때…"

"바로 그놈이 같은 놈이었어요?"

이번엔 장군이 놀란 듯 핏대를 올렸다. 장군 신장은 계급은 장군이지만 이제 겨우 1갑자를 살았다. 이 중에서 막내라고 할 수 있다.

"응. 지금이 다섯 번째로 나타난 거다. 빙의 후 악귀가 되어 세 번의 살상을 저질렀다."

"아아."

12명의 신장들이 공포에 질린 듯 입을 쩍 벌리고 있다.

"밑에 저 친구 보이느냐?"

손으로 할머니 집의 거실에 있는 여자아이를 가리켰다.

"예에."

"나랑 연결된 친군데 내가 없을 때는 저 친구 주위에서 살펴 줘라. 그리고 무슨 일 있으면 싸우지 말고 바로 연락해라."

"알겠습니다."

모두 허리를 굽혔다.

"놈의 힘이 점점 세지고 있다. 혼자서 절대 싸우지 마라."

신장들에게 주의를 주고 밑으로 내려가서 여자아이를 만 났다.

"나는 일 보러 올라갈 테니까 답답하더라도 할머니 집에 있 어라."

밖으로 나오는데 여자아이가 쫄레쫄레 쫓아 나왔다.

"저기 저…"

"응. 왜?"

발을 멈추고 뒤돌아보았다.

"저 잠깐만 드릴 말씀이…"

"뭔데?"

"돌봐주셔서 감사합니다."

여자아이가 꾸벅 고개를 숙였다. 창피한지 얼굴이 발그레해져 있다.

"그래도 신장인데 그 정돈 해야지."

씩 하고 웃으며 돌아섰다.

"어디 나가지 말고. 잘 있어. 그놈이 아무래도 이 주위에 배회하고 있을 거니까. 조심하고"

그렇게 이르고는 다시 옥상으로 올라갔다. 아기 동자가 드러누워 뻑뻑 담배를 피고 있고 장군이 다리를 주물렀다. 날 보고 아기 동자가 장군을 밀치며 후다닥 담배를 끄고 일어섰다. 얼른 다리를 붙이고 차렷 자세를 취했다.

"지금 가십니까?"

"주위 잘 좀 지켜보고."

"옛. 알겠습니다."

모두 합창을 했다. 시계를 보자 문규의 일이 끝날 시간이었다. 같이 올라가면 될 것 같아서 전화를 했다. 신호음이 가는데 전화를 받지 않았다. 무슨 일이지? 고개를 갸웃했다. 서둘러 그곳으로 향했다.

저만큼 앞에 문규가 땅에 쓰러져 있었다. 서둘러 그쪽으로 달려갔다. 문규의 혼이 반으로 찢어져 있는 게 보였다. 얼른 무릎을 접고 앉아 문규를 끌어안았다. 문규가 눈을 뜨고 부들부들 떨며 자신의 손을 내 머리에 갖다 대었다. 그러자 파노라마처럼 그동안 있었던 일들이 펼쳐지기 시작했다.

서류 가방에서 명부를 꺼내 보았다. 명부에 망자의 이름과 시간이 적혀 있다. 시계를 보니 15분 정도 남아 있었다. 고개를 들자 피곤한 얼굴의 남자가 다가왔다. 명부에서 본 얼굴이었다. 남자는 누군가와 통화를 하면서 큰소리로 웃음을 터트렸다. 조금 있으면 자신이 심장 마비로 죽을 거라는 걸 꿈에도 모르는 모습이다.

그 뒷모습을 보며 손에 든 명부를 내려다보았다. "응, 1995년 4월 생, 이창민. 아직 젊은 나인데 관리 좀 잘하지" 하고 혀를 찼다. "뭐, 아직 시간 남았네…" 중얼거리며 명부를 집어넣는 순간 바닥에 쓰러졌다. 밑을 보자 허리가 날아가고 없었다. 허리 밑에 있던 다리가 반대쪽으로 툭 쓰러졌다. 눈을 부릅떴다. 의식은 있는데 옴짝달싹할 수가 없었다.

그때 남자의 뒤로 시커먼 형체가 달려들었다. 놈이 우악스럽게 남자를 잡아챘다. 남자는 섬뜩한 기운에 도망을 치려고 했다. 하지만 놈은 그대로 살아 있는 남자의 혼을 잡아 뜯어내기 시작했다. 남자의 몸이 비틀하고 흔들렸다. 놈이 남자의 한쪽 다리를 잡아 뜯어 삼켰다. 그러자 남자의 무릎이 푹 꺾였다. 이번엔 놈이 다른 쪽 다리를 집어삼켰다. 남자는 땅에 풀썩하고 쓰러졌다. 기어서 도망치려는 듯 손을 뻗는데 놈이 우악스럽게 양 어깻죽지를 잡아 비틀었다. 놈은 남자의 팔을 차례차례 삼켰다. 그제야 혼도 절체절명을 느낀 듯 벗어나려고 기를 썼다. 하지만 육신을 버리고 갈 수는 없었다. 놈은 남자의 몸통을 갈가리 찢고 있었다. 마지막으로 남자의 머리를 잡아 뜯어 천천히 집어삼켰다. 절규하며 버둥거리는 혼의 머리를 꿀꺽 삼켰다. 놈은 살아 있는 남자의 생령을 완전히 먹어치웠다. 그리곤 일어섰다. 뒤를 힐끔 보더니 그대로 사라졌다.

길에 남자의 육신이 떨어져 있다. 눈이 멍한 채 쓰러져 있지만 그 혼은 이미 사라진 뒤였다. 정신이 아득히 멀어져갔다.

그 순간 문규의 팔이 툭 하고 떨어졌다. "안 돼!" 하고 울부짖으며 문규를 안은 채 그대로 위를 향해 날아갔다.

9월 29일

혜수

점심을 먹고 나자 애들과 함께 매점으로 우르르 몰려갔다. 아직 수업 시작하려면 멀어서 군것질거리를 사서 둘러앉았다. 팔을 다친 혜원이와 나, 채원이가 자리를 잡았고 유리와 민주가 빵과 과자를 사 왔다.

"샐러드빵 내 꺼."

왼손에 깁스한 혜원이가 잽싸게 오른손으로 샐러드빵을 집었다. 봉지를 뜯으려고 하는데 한 팔로 안 되자 이로 북 뜯었다.

"팔 부러졌는데 샐러드 갖고 되겠냐. 이것도 먹어."

내가 들고 있던 소시지빵을 건네주었다. 그러자 샐러드빵을 입에 가득 씹고 있던 혜원이가 웅얼웅얼하며 한 팔로 소시지빵을 쓱 끌어갔다. 웅얼웅얼하는 소리가 아마도 고맙다고 하는 것 같았다.

"팔은 괜찮냐?"

"응."

혜원이가 빵을 먹으며 고개를 끄덕였다. 그걸 보고 건너편에 있던 채원이가 물었다.

"어제 어떻게 된 거야?"

채원이는 직원을 데리러 방을 뛰쳐나갔기 때문에 그 후에 벌어진 일에 대해서는 몰랐다. 그게 궁금한 모양이었다.

"악령 들었대."

내가 채원이를 보며 한숨을 쉬었다.

"악령 들었다고? 정말?"

유리가 하얗게 질린 얼굴로 바들바들 떨며 되물었다. 유리도 처음에 기절해서 일이 어떻게 된 건지 몰랐다. 어제 그 방에서 비명을 지르며 다 보고 있었던 건 민주였다. 민주도 어제 일이 생각나는지 몸을 떨었다.

"요새 이 근처 돌아다니는 악령이 하나 있대. 저승에서 잡으려고 하는 악령인데, 그 악령이 한 짓이래."

"악령이 빙의된 거야?"

혜원이가 눈을 반짝이며 물었다. 오컬트 매니아 아니랄까 봐 눈이 아주 반짝반짝했다. 그러면서 한 손으로 소시지빵을 뜯으려고 버둥거렸다. 민주가 그걸 보고 봉지를 뜯어주었다. 그러자 혜원이가 재빨리 소시지빵을 한 입 크게 베어 물었다.

"뭐, 그런 거지."

내가 어깨를 으쓱하며 시크하게 말했다.

"무서워, 혜수야."

유리가 울상을 지으며 말했다.

"그래서 이 언니가 준비했잖아."

주머니에서 부적을 꺼냈다.

"이게 뭐야? 부적?"

애들이 부적을 한 장씩 들고 들여다보았다. 혜원이는 한 손을 들고 보고 유리는 한 장인가 여러 장 아닌가? 하는 얼굴로 뒤집어보고 있다.

"내가 할머니한테 특별히 부탁해서 만든 부적이야. 이거면 악귀가 못 덤빌 거야."

몸을 뒤로 젖히며 팔짱 끼고 잘난 척을 했다. 유리가 부적을 높이 들었다. 그리곤 겁먹은 목소리로 물었다.

"이거 한 장 가지고 될까?"

"그래서 여유 있게 챙겨왔지."

뒤에 둔 가방에서 부적 뭉치를 꺼내 테이블에 올려놓았다. 애들이 우와 하더니 잽싸게 부적을 챙기기 시작했다.

"40장이니까 한 명이 10장씩 가져가면 될 거야."

신나게 부적을 챙기는 애들을 보며 말했다. 부적을 주머니에 쑤셔 넣던 민주가 나를 쳐다보았다.

"근데 이거 어떻게 써?"

"보통 옷에 넣거나 벽에 붙이거나 해."

내가 알려주었다. 그 소리에 채원이가 옷 속에 부적을 집어넣어 보더니 머리를 저었다.

"혜수야, 이거 비쳐 보여."

흰 블라우스에 노란 종이라 비치긴 비쳤다. 채원이는 옷에 신경쓰는 편이라 그게 싫은 모양이었다.

"어떡해?"

"그러니까 스커트 안에 넣어야지."

"그래도 될까?"

유리가 못 미더운지 불안한 얼굴로 물었다. 위에 붙여야 귀신이 와도 안심인데 스커트에 넣으면 위로 달라붙는 귀신은 못 막는 거 아냐? 하는 눈빛이었다. 부적을 손에 하나 들고 애들을 쳐다보았다.

"봐봐. 이게 부적이지?"

"응."

민주와 채원, 유리가 함께 고개를 끄덕였다. 쫄보 셋은 공부할 때보다 더 집중한 눈빛이었다.

"부적이 뭐 하는 거야?"

"귀신 쫓는 거."

채원이가 대답했다.

"그렇지. 귀신 쫓는 거지. 근데 귀신 쫓는 부적이 딱 요 크기만큼만 귀신을 쫓을까?"

"그런 거 아냐?"

민주가 고개를 갸웃하며 말했다.

"아니지. 이 부적은 하나 딱 있으면 이 근처 귀신이 접근할 수 없다는 거지. 그러니까 블라우스에 넣든, 스커트에 넣든 차이가 없는 거야."

그러자 부적을 손에 들고 살펴보던 유리가 다시 물었다.

"그럼 혜수야, 이거 하나 넣는 게 나아? 한 군데 여러 개 넣는 게 나아?"

"뭐 여러 개 넣는 게 세긴 한데, 한군데 다 넣지 말고 교복이랑, 잠옷, 침대, 가방에 나눠 넣어봐."

쫄보 셋을 향해 미소를 지으며 말했다.

"아싸. 하나 넣었다."

건너편의 혜원이가 소리쳤다. 쳐다보자 부적 하나를 깁스 안에 밀어 넣고 좋아하고 있다. 깁스를 흐뭇하게 쳐다보던 혜원이가 나에게 물었다.

"근데 네 남친은 뭐 안 챙겨줬어?"

"남친 아냐. 근데 신호하면 오기로 했어."

살짝 짜증이 났지만 잘난 척하는 마음도 있어 순순히 말했다. 그러자 민주가 눈을 동그랗게 떴다.

"맞다. 바로 왔었지. 어떻게 알고 온 거야?"

호기심 어린 눈으로 물었다.

"미리 정해놓은 신호가 있었어."

"신호? 어떤 신호?"

쫄보 셋이 눈을 반짝이며 바라보았다. 애들을 향해 밴드를 붙인 새끼손가락을 들어 보였다.

"이거."

"뭐? 약속?"

애들이 자기 새끼손가락을 들어보며 어리둥절한 표정을 지었다.

"아니 새끼손가락 깨물면 오기로 했다고."

"잉? 그게 뭐야?"

혜원이가 궁금한 눈으로 묻더니 제 손가락을 살짝살짝 깨물었다.

"저승사자 보려면 새끼손가락을 깨물어야 되는 거야?"

"아니, 그게 아니라 새끼손가락을 깨물면 나한테 위험한 일이 생긴 거니까 바로 오기로 했다고."

애들에게 설명을 해주었다. 그러자 민주가 재빨리 물었다.

"그래서 그때 새끼손가락 깨문 거야?"

"응. 카페에서 그 여자가 목을 조르는데 그 생각이 났어. 그래서 깨문 거야."

"어, 그랬구나."

민주가 고개를 끄덕였다. 그제야 타로카페에서 내 행동이 이해가 된다는 표정이었다. 혜원이가 한 손으로 턱을 괴고 있다가 눈을 깜박였다.

"뭐야? 그런 일이 있었어?"

"응. 너 그 여자한테 내동댕이쳐져 기절했을 때 혜수가 갑자기 새끼손가락을 깨물었어. 그때 왜 그러나 그랬지."

민주가 혜원에게 설명했다.

"그래서 저승사자가 바로 왔고 저승사자가 오니까 귀신이 도망간 거지."

"아깝다. 기절만 안 했으면 저승사자랑 귀신 다 보는 건데."

혜원이가 엄청 아쉽다는 표정으로 말했다.

"기절 안 했어도 어차피 네 눈에는 안 보여."

"어, 그래도."

나와 혜원이가 그런 얘기를 하고 있는 동안 쫄보 셋은 주머니와 양말, 스커트에 부적을 집어넣는다고 야단법석이었다. 그걸 보던 혜원이가 부러운 표정으로 돌아보았다.

"넌 좋겠다. 위험하면 나타나 구해주는 남친도 있고."

"남친 아니라니까. 구해주긴 하는데 새끼손가락 깨물면 아프다고. 지금도 욱신거리는데"

밴드를 붙인 새끼손가락을 혜원의 코앞으로 쳐들었다.

"살살 물지."

"죽을지도 모르는데, 무는 게 조절이 돼냐? 살살 물었다가 몰라서 안 오면 어쩌라고."

새끼손가락이 욱신거려 얼굴을 찡그렸다.

"근데 저승사자는 새끼손가락 깨무는 건 어떻게 안대?"

민주가 물었다.

"무당이랑 신장은 감각이 연결된대. 그래서 내가 새끼손가락을 깨물면 자기 손가락도 아파서 아는 거래."

"그래서 커피 마시면 나타나는 거야?"

혜원이가 궁금한 듯 몸을 앞으로 내밀며 물었다.

"응. 커피 냄새 귀신같이 알아. 완전 개 코야, 개 코."

"지금 한번 불러봐."

혜원이가 장난기 가득한 표정을 짓고 재촉했다.

"왜?"

"나도 구해줘서 고맙다고 인사라도 해야지. 야, 매점에 커피 있지?"

민주를 돌아보자 쫄보 셋이 금세 울상이 되었다.

"야, 혜원아."

유리가 몸을 부르르 떨었다.

"지금 안 돼. 바빠."

"뭐? 바빠? 죽은 사람 많대?"

혜원이가 눈을 굴렸다.

"야, 혜원아."

쫄보 셋이 무서워서 징징거렸다.

"어제 일 알아보느라 바쁘대. 담에 한가하면 불러줄게."

뒤에서 발소리가 났다. 돌아보자 학생주임이 매점을 훑어보더니 우리를 보고는 말했다.

"야, 니들 아직 여기서 뭐해? 수업 시간 다 됐는데 안 들어가?"

그 소리에 애들이 어물쩍거리며 일어섰다. 쫄보 셋은 벌써 다 부적을 챙겨 넣었는데 혜원이만 아직 못 챙겼다. 손에 가득 부적을 들고 일어섰다. 그걸 보고 내가 말했다.

"너도 어디 집어넣지?"

"귀찮아. 가방에 다 넣어둘래."

"그러다 귀신 나타나면 어쩌려고?"

유리가 걱정스러운 표정을 하고 말했다.

"귀신 나타나면 가방으로 패면 돼지."

혜원이는 오른손을 획획 휘두르더니 갑자기 학생주임의 등을 보고는 걸음을 멈췄다. 그리곤 씩 웃으며 살금살금 발을 뗐다. 내가 머리를 저었다.

"그건 귀신한테만 통하는 거야. 사람한텐 안 통해."

"아씨. 아쉽네."

혜원이가 멀어지는 학생주임을 보고 입을 툭 내밀었다.

학교에서 돌아와 할머니의 집에서 숙제를 하고 있었다. 한밤중이라 창밖은 깜깜했다. 멀리 큰길로 차 소리가 빵빵거리며 들렸다. 공부를 열심히 하는 편은 아니지만 가만히 있으면 어제 일이 떠올라 불안했다. 그리고 딱히 할 일도 없어 그냥 숙제나 하고 있었다. 수학 문제를 잡고 씨름하고 있는데 옆에 둔 폰이 울렸다. 혜원이의 번호였다. 폰에 뜬 시간은 11시 50분이었다. 마침 안 풀리는 문제가 있는데 잘됐다 싶어 냉큼 전화를 받았다.

"너 마침 전화 잘했다. 내가 지금 수학 숙제를 하는데 말야."

"혜수야. 나 말야."

막 숙제 얘기를 하려는데 혜원이가 말을 끊었다.

"응?"

"혜수야. 나 말야. 어디 가야 할 거 같아."

"응? 갑자기 어딜 가?"

갑작스러운 말에 전화기를 오른쪽 귀로 옮겨 들었다.

"먼 데로 갈 거 같아. 다시 올 수 없는데."

"그게 무슨 말이야. 혜원아, 무슨 일 있어?"

책상 앞에서 벌떡 일어섰다.

"있어. 혜수야. 그러니까 네 친구 살리고 싶으면 당장 이리로 와. 너 혼자."

갑자기 혜원이의 목소리가 타로 카페 여자같이 굵고 쇠를 긋는 듯한 소리로 바뀌었다. 그리곤 폰으로 지도가 날아왔다. 정신이 번쩍 들었다. 타로 카페 여자한테 들어갔던 악령이 혜원이에게로 들어간 것 같았다. 악령이 혜원이를 죽일지도 모른다는 생각에 마음이 다급해졌다. 방에서 뛰쳐나가 바로 신발을 신었다. 할머니에게 얘기도 안 하고 그대로 현관문을 박차고 나갔다. 그런 내 앞을 장군 신장이 가로막았다.

"너 나가면 안 돼. 차사님이 나가지 말라고 했잖아."

"혜원이가 죽어요. 혜원이가."

소리치며 신장의 몸을 뚫고 지나갔다.

"야, 거기 서. 형님. 여기 빨리요."

등 뒤에서 장군이 고함치는 소리가 들렸다. 그 소리에 다른 신장들이 우르르 몰려왔다. 모두 인상을 팍 쓰고 다 함께 앞을 막아섰다. 그 서슬에 주춤했다.

"다시 집으로 들어가. 차사님이 위험하다고 나오지 말라고 했잖아. 위험하니까 들어가."

장군이 눈을 부릅뜨며 노려보았다.

"악귀가 혜원이 죽인대요. 내 친구 혜원이. 혜원이 구하려면 가야 돼요."

"뭐? 악귀가?"

뒤에 있던 아기 동자가 놀란 표정으로 슥 나오며 말했다. 하지만 여전히 차가운 표정으로 명령했다.

"그래도 안 돼. 차사님 명이야. 집으로 들어가."

"막아도 갈 거예요."

"안 된다니까."

신장들이 겹겹이 나를 막아섰다. 이러다 혜원이에게 큰일 날 수도 있겠다. 이를 악물고 신장들을 뚫고 뛰어나갔다. 그 기운에 신장들이 밖으로 튕겨 나갔다.

"야, 거기 서. 야."

뒤에서 신장들이 시끄럽게 소리를 질러댔다. 하지만 아랑곳하지 않고 계속 달렸다.

지도에 표시된 골목으로 들어서자 한쪽 구석에 등을 기대고 있는 사람이 보였다. 눈에 익은 교복과 가방. 왼팔의 깁스가 보였다. 혜원이었다.

"혜원아!"

소리치며 그쪽으로 달려갔다. 그때 서늘한 기운이 옆구리를 확 파고들었다. 그리곤 바로 화끈한 기운이 치고 올라왔다. 그러자 서늘한 기운이 쓱 빠져나갔다.

"이런 젠장."

소리가 나는 곳을 보니 사람의 형상을 한 시커먼 그림자가 서 있다. 옆구리를 내려다보자 바닥에 떨어진 부적이 활활 타 없어졌다. 급하게 나오느라 다른 부적은 없었다. 부리나케 혜원이가 있는 쪽으로 뛰어가 가방에서 부적 뭉치를 꺼내 들었다.

"겨우 그까짓 부적으로 날 막을 수 있을 거 같냐?"

시커먼 그림자가 달려들며 소리쳤다. 재빨리 부적을 앞으로 내밀자 오른쪽 다리를 스치며 시커먼 그림자가 지나갔다. 뼛속까지 차가운 기운이 확 스며들며, 오른쪽 다리에 힘이 빠져 나도 모르게 무릎을 꿇었다. 그 순간 다리가 비었다는 생각이 들었다. 재빨리 부적 한 장을 왼쪽 양말에 쑤셔 넣고는 나머지 부적은 양손에 나눠 들었다.

"오호 제법인데, 그런다고 달라지는 건 없어."

그림자가 소리치며 내게 확 달려들었다. 하지만 좀 전에 다리에 찬 부적과 양손에 찬 부적 때문에 악령이 튕겨 나갔다. 나도 그 기운에 함께 튕겨 나가 바닥에 쓰러졌다. 그때 신장들이 이쪽으로 우르르 달려오고 있다.

"야, 너 빨리 집에 안 들어가."

맨 앞에 서 있는 아기 동자가 날 향해 소리쳤다. 그리곤 순간 악령을 보고는 "아, 이게 뭐야" 하면서 뒤로 펄쩍 물러났다. 신장들이 갑작스럽게 나타나자 악령은 조급한 듯 보였다. 다시 혜원이를 덮치려는 듯 벽 쪽으로 확 달려들었다.

"악귀가 혜원이에게, 혜원이에게."

내가 소리치는 걸 들었는지 그제야 장군 신장이 득달같이 혜원이의 앞을 막아섰다. 하지만 악귀는 그대로 신장과 부딪쳤다. 그 서슬에 장군이 뒤로 날아갔다.

"다 같이 막아."

아기 동자의 명령에 신장들이 모두 혜원이의 앞을 가로막았다. 하지만 신장들을 두려워하지 않고 악귀가 달려들었다. 악귀의 공격에 튕겨 나간 신장들이 다시 앞을 막아섰다. 그걸 보고 바닥에 주저앉아 있던 내가 신장들을 도우려고 일어섰다. 그때 혜원이를 향해 있던 악귀가 갑자기 방향을 틀어 내게 달려들었다. 급히 일어서느라 손에 부적도 들고 있지 않았다.

"어, 안 돼. 막아."

아기 동자가 부르짖었다. 신장들은 모두 혜원이를 막고 있느라 내 앞에는 아무도 없었다. 악귀는 이미 코앞까지 다가와 있었다. 새끼손가락을 깨물려고 했지만 시간이 없었다. 지금까지 경험해보지 못한 어둡고 사악한 기운이 느껴졌다. "안 돼!" 하고 손을 뻗는데 손끝에서부터 파고드는 싸늘한 기운에 온몸의 솜털이 곤두섰다. "안 돼!" 하고 속으로 다시 한번 외치는 그때 머릿속으로 어떤 목소리가 울렸다. '그러게 밖에 나가지 말라니까' 하는 소리가 울렸다. 그 찰나 등 뒤에서 차가운 기운이 확 스며들었다. 그런데 앞에서 들어오는 차가운 기운과 달리 등 뒤에서 스며드는 차가운 기운은 춥고 기분 나쁜 게 아니라 시원하고 기분이 좋은 기운이었다. 나도 모르게 손을 앞으로 쭉 뻗었다. 그 순간 손끝에서 파란 불꽃이 일어나 달려들던 악귀와 부딪혔다.

9월 30일

해수

무언가 이상한 기운을 느껴 내려와봤더니 악귀가 여자아이에게 달려들고 있었다. 급한 마음에 여자아이의 뒤에서 뛰어들며 소리쳤다. '안 돼!' 하고 소리 지르는 순간 아이의 의식과 동화가 되었다. 여자아이가 악귀의 전화를 받았을 때부터 지금까지의 일이 순식간에 지나갔다. 악귀를 막으려고 손을 앞으로 내밀자 푸른 불꽃이 일었다. 불꽃에 부딪힌 악귀가 뒤로 나가떨어졌다.

"이상열!"

악귀의 이름들 중에서 제일 먼저 생각나는 이름을 소리쳐 불렀다. 그러자 악귀의 이름이 여자아이의 입을 통해서 날아갔다. 이름을 부르자 시커먼 악귀의 그림자 속에서 흐릿한 얼굴 하나가 이쪽을 돌아보았다. 그걸 보자 문득 머리를 스치는 생각이 있었다.

"이상열!"

이번에도 악귀의 이름이 여자아이의 입을 통해서 날아갔다.

그러자 악귀 속에서 흐릿한 사람의 모습이 반 정도 빠져나왔다. 악귀의 검은 기운이 빠져나오는 사람 모습을 다시 집어삼키려는 듯 잡아당겼다.

"이상열!"

있는 힘껏 여자아이의 입으로 악귀의 이름을 불렀다. 그러자 악귀의 힘에 끌려 들어가던 사람의 형상이 스르륵 빠져나와 내게로 둥둥 떠왔다. 이상열의 혼이었다. 뒤에서 검은 그림자가 이상열의 혼을 다시 집어삼키려는 듯 달려들었다. 재빨리 악귀를 막아서며 손을 뻗었다. 다시 손에서 푸른 불꽃이 일었다. 그 불꽃에 악귀가 튕겨 나갔다. 그 찰나 내가 뒤를 돌아보며 소리 쳤다.

"추격팀에 연락해. 빨리."

내 말에 아기 동자가 부리나케 전화를 걸었다.

"예. 저 김개똥인데요. 동자신 593기요. 네, 해수 차사님 지시로 연락드리는데요, 추격 팀장님 부탁드립니다."

그 사이 악귀는 두 번이나 튕겨 나가서 섣불리 덤벼들지 못하고 있다. 더구나 이상열의 혼이 빠져나간 직후라 힘이 빠져 있었다. 그때 머릿속으로 목소리가 울렸다.

"저, 차사님. 혜원이요. 혜원이."

여자아이의 목소리에 곁눈으로 흘깃 쓰러져 있는 아이 친구를 보았다. 아이 친구는 정신을 잃고 벽에 기대앉아 있었다. 아이 친구를 보는 걸 눈치 챈 악귀가 쓰러져 있는 아이에게로 달려들었다.

"막아!"

쓰러진 아이 친구의 주위에 있던 신장들이 재빨리 악귀를 막아섰다. 그러자 악귀가 시커먼 팔을 휘둘렀다. 그 위력에 신장 둘이 날아갔다. 하지만 다른 신장들이 잽싸게 앞을 가로막았다. 신장들이 막는 동안 재빨리 쓰러진 아이 친구에게로 달려갔다. 이상열의 혼은 멍한 표정으로 따라왔다. 나도 같이 앞을 막아섰다. 시커먼 팔을 휘저으며 신장들을 공격하던 악귀가 일순 흠칫하더니 땅속으로 파고들었다. 그 순간 추격 팀장이 모습을 드러냈다.

"악귀는?"

"땅속으로 도망쳤습니다."

숨을 헉헉거리며 대답했다. 추격 팀장 뒤로 추격 팀원들이 속속 나타났다.

"땅속으로 도망쳤다. 바로 뒤쫓아. 자넨 여기 남고."

추격 팀장의 지시에 따라 한 명만 남고 추격팀들이 땅속으로 악귀를 쫓아 사라졌다. 그제야 추격 팀장이 날 향해 물었다.

"어떻게 된 건가?"

"느낌이 이상해서 내려와 보니 악귀가 이미 이 아이를 공격하고 있었습니다."

그 소리에 추격팀장이 고개를 끄덕였다. 그리곤 이상열의 혼을 돌아보았다.

"이 혼은?"

"이상열입니다. 악귀에게서 빠져나왔습니다."

"악귀에게서 빠져나와?"

"예."

추격 팀장이 의아한 얼굴로 이상열의 혼을 살펴보았다.

"자세한 얘기는 나중에 듣기로 하고, 일단 여기부터 수습하지. 저기 쓰러진 아이는?"

추격 팀장이 정신을 잃고 있는 아이를 가리켰다.

"이 아이의 친구라고 합니다. 악귀가 저 아이를 이용해서 이 아이를 불러낸 것 같습니다."

"그래. 일단 아이들을 안전한 곳으로 데려다주게. 저기 영혼은 이 친구에게 넘겨주도록 하고."

"예."

추격 팀원이 내게로 다가갔다. 추격 팀원의 핸드폰에 이상열의 정보를 넘겨주었다. 추격 팀원이 정보를 보고 난 후 이상열의 영혼을 인수해갔다.

"이상열, 이상열, 이상열."

추격 팀원이 핸드폰을 보고 이름을 부르자 이상열의 혼이 딸려갔다.

"1974년 2월 23일 부산 사하구에서 출생한 이상열씨가 맞습니까?"

"예에."

"이상열씨는 2019년 9월 19일 서울 영등포에서 교통사고로 사망하셨습니다."

"예에…"

영혼이 기운 없이 고개를 끄덕였다. 인수과정을 마친 추격 팀원이 이상열의 혼을 인수해서 올라갔다. 그러자 추격 팀장이 신장들을 불러모았다.

"여기 피해는?"

"1명이 크게 다쳤고, 3명은 가벼운 부상입니다."

아기 동자가 차렷 자세를 취하고 보고를 했다. 옆을 보자 재물신이 장군신을 부축하고 있고, 공부의 신은 다리를 다친 듯 절뚝거리고 있다. 모두 힘겨운 모습이었다. 추격 팀장이 신장들을 둘러보더니 아기 동자를 바라보았다.

"연락한 게 자넨가?"

"넵. 동자신 593기. 김개똥입니다."

아기 동자가 턱을 당기고 차렷 자세로 경례를 붙였다.

"잘했네. 다친 신장들은 빨리 올라가 치료하도록. 다른 신장들은 이 아이들을 안전한 곳까지 데려다주고. 사무실에 들러 보고서를 작성해주게. 해수 차사도 같이 아이들 데려다주고, 나중에 사무실에서 보세. 보고서를 쓰는 동안은 아이들은 팀원들을 보내 보호하도록 하겠네."

"예, 알겠습니다."

말을 마친 추격 팀장이 전화를 걸었다.

"지금 어디야? 그래?"

고개를 끄덕이더니 전화를 끊고 나를 돌아보았다.

"그럼 있다 보세."

추격 팀장이 급히 사라졌다. 그제야 주위를 둘러보니 벽에 기댄 아이 친구는 아직 정신을 잃고 있고 신장들이 나를 멀뚱멀뚱 쳐다보고 있다.

"말씀 들었지? 다친 신장들은 올라가서 치료받고, 나머지는 아이들을 데려다주자."

"네."

신장들이 모두 대답했다. 그리곤 부상이 덜한 신장들이 장군 신장을 부축해서 사라졌다.

'저기요.'

그때 여자아이의 목소리가 머릿속을 울렸다.

'응?'

'저 언제까지 이렇게 있을 거예요?'

'이렇게라니?'

'아니, 그게 생각만 해도 차사님 쪽에서 다 알고, 저도 차사님 생각이 다 들리니까 그게…'

'아.'

그제야 여자아이에게 빙의된 것이 생각났다. 위에서 내려오며 여자아이의 몸을 뚫고 지나가려는 순간 빙의가 되었다. 그 생각을 하는 순간 여자아이에게서 빠져나왔다. 여자아이가 움찔하며 한 걸음을 내딛었다. 잠시 후 정신을 차린 듯 벽에 쓰러져 있는 친구에게로 달려갔다.

"혜원아. 정신 차려. 혜원아."

아무리 흔들어도 친구는 깨어나지 않았다. 내가 그 옆에 서서 말했다.

"영적으로 충격을 받은 모양이다. 잠깐 비켜봐."

쓰러진 아이 친구에게로 다가서 머리에 손을 올렸다. 손끝으로 악귀가 심어둔 차가운 기운이 느껴졌다. 아이의 혼에서 악귀의 기운을 뽑아냈다. 조금 뒤 아이 친구의 얼굴에 핏기가 돌았다. 주문을 외워 악귀의 기운을 소멸시켰다.

"으응."

정신이 드는지 친구가 신음소리를 냈다.

"혜원아. 정신이 들어? 혜원아"

여자아이가 친구의 몸을 흔들었다.

"어? 혜수?"

다행히 친구가 정신을 차린 듯 여자아이를 알아보았다. 친구는 천천히 몸을 일으키고는 의아한 얼굴로 주위를 돌아보았다.

"여기 어디야?"

"동네 뒷골목. 어떻게 왔는지 기억나?"

여자아이의 말에 친구가 기억을 더듬는 듯 얼굴을 찡그렸다.

"몰라. 머리 아파."

그걸 보고 내가 말했다.

"악령이 빙의됐으면 그동안 기억이 없을 거다. 일단 집으로 가자."

그 소리에 여자아이가 곁으로 다가서서 친구의 팔을 잡았다.

"혜원아, 일단 나랑 같이 할머니 집으로 가자."

"됐어. 나 집에 갈 거야."

친구가 고개를 가로저으며 가방을 집어 들고 툭툭 털었다. 그걸 보고 여자아이가 만류했다.

"너 방금 악령한테 죽을 뻔했단말야. 그러니까 일단 나랑 같이 할머니 집으로 가."

친구가 뜬금없는 표정으로 돌아보았다.

"내가? 악령? 너 장난치는 거지."

"봐봐. 그게 아니면 네가 지금 여기 왜 있겠어? 평소 다니지도 않는 골목. 난 또 여길 어떻게 오고?"

여자아이가 답답하다는 얼굴로 어두운 골목을 휘릭 가리켰다. 그러자 친구가 고개를 갸우뚱하더니 이내 다시 얼굴을 찡그렸다.

"몰라. 머리 아파."

그 순간 여자아이가 어떤 생각이 들었는지 불쑥 핸드폰을 꺼냈다.

"야, 핸드폰. 너 핸드폰 확인해봐. 좀 전에 나한테 전화했었으니까."

"내가? 좀 전에?"

못 미더운 표정으로 친구가 핸드폰을 열었다. 통화기록을 보더니 움찔하며 놀랐다.

"어? 진짜네. 난 전화한 기억이 없는데."

"악령이 네 전화로 전화했다니까. 안 나오면 너 해친다고."

하지만 통화기록이 있는데도 친구는 미심쩍은 얼굴로 여자아이를 바라보았다. 여전히 그런 일이 자기한테 벌어졌다는 걸 믿을 수 없다는 표정이었다. 설득에 시간이 걸릴 것 같아 내가 나서기로 했다. 오른손을 들어 친구의 얼굴 앞을 쓱 훑었다. 그럼 인간의 눈에 내 모습이 보인다.

"난 저승사자 정해수라고 한다."

갑자기 나타난 저승사자의 모습에 친구가 깜짝 놀란 듯 뒷걸음질을 했다. 그리곤 얼이 빠진 채 바라보았다.

"방금 이 아이가 한 말은 모두 사실이다. 넌 악귀에 빙의되었었고 이 아이가 널 구하려고 나왔다. 일단 악귀를 쫓아냈지만 다시 널 노릴 수 있으니 이 아이 말대로 하거라."

"네."

친구가 고개를 꾸벅하며 얌전하게 대답했다. 처음에는 날 보고 놀란 모습이었지만 조금 지나자 흥분한 듯 눈이 반짝반짝했다. 계속 눈을 반짝이며 날 신기한 듯 훔쳐보았다.

"그만 가자."

내가 앞장서서 걸어갔다. 뒤에 여자아이와 친구가 따라왔다.

여자아이가 눈을 감고 앉아 있다. 심호흡을 하며 마음을 안정시키고 있었다. 아이가 안정된 순간을 노려서 아이의 몸으로 스며들었다. 하지만 곧 엄청난 반발력으로 튕겨 나갔다.

"힘 빼라니까."

"힘 뺐다고요."

여자아이가 억울한 표정으로 대답했다.

"힘을 뺐는데 어떻게 튕겨 나가냐? 긴장했으니까 그러지."

성질이 나서 버럭 했다. 여자아이가 눈을 깜박거렸다.

"아, 아까부터 그러는데 힘 안 줬다고요. 긴장도 안 했고요."

여자아이가 삐졌는지 입이 부루퉁하게 나왔다. 옆에서 지켜보고 있던 아기 동자가 한발 앞으로 나섰다.

"저, 차사님."

"응? 왜?"

"힘을 준다거나 긴장하는 문제가 아닌 거 같습니다."

아기 동자가 공손한 자세로 얘기했다.

"그게 아니면?"

"사실 저희가 빙의할 때 무당이 특별히 힘을 빼거나 긴장을 푼다거나 하지 않거든요. 강령굿을 하거나 하면 오히려 무당이 흥분했을 때 빙의가 되는건데, 그런다고 특별히 힘들거나 한 게 아닙니다. 그냥 저희가 들어가면 되니까요."

"근데 쟤는 안 되잖아."

고갯짓으로 힐끗 여자아이를 가리켰다. 그러자 여자아이가 입을 비쭉하게 내밀고 째려보았다. 거봐, 내 문제가 아니네 하는 눈빛이었다.

"그래서 드리는 말씀인 거죠. 아무래도 방법이 아닌 것 같습니다."

아기 동자가 두 손을 맞잡고 공손하게 말했다. 그런가? 신장과 무당은 서로 맞는 상대와 연결된다. 그래서 별다른 과정이나 준비 없이도 빙의가 된다. 사람에 따라서는 악령도 쉽게 빙의가 된다. 그러니까 굳이 힘을 빼거나 마음을 가라앉혀야만 빙의가 되는 건 아니다. 이런저런 방법으로 해봐도 빙의가 안 되어, 생각나는 대로 시도해보고 있는데 동자 신이 보기에도 아닌 것 같다고 하니, 이건 아닌 것 같았다. 생각대로 되지 않아 답답했다. 갈증이 나서 물이나 마시려고 물병에 손을 뻗었다. 여자아이도 목이 마른지 물병으로 손을 뻗었다. 같이 물병을 잡는 순간 손에 물병의 차가운 느낌이 느껴졌다. 그와 동시에 오후부터 연습하는 내내 여자아이의 느낌과 생각들이 순식간에 스쳐 지나갔다. 정신을 차리고 보니 어느새 여자아이와 동화가 되어 있다. 동화되었다고 생각하자 다시 여자아이의 등 뒤로 스르르 빠져나왔다. 여자아이가 앞으로 한 걸음 비틀하고 걸음을 옮겼다.

"차사님!"

옆에서 보고 있던 동자가 놀란 표정으로 바라보았다.

"뭐지?"

여자아이를 보자 그 아이도 놀란 듯 물병을 손에 들고 있다.

"방금 어떻게 된 거지?"

여자아이를 바라보고 물었다.

"저는 그냥 목이 말라 물을 마시려고."

여자아이가 물병의 뚜껑을 열어 물을 마시며 말했다.

"나도 물을 마시려고 했는데…"

그리고는 손이 겹치자 아이와 동화가 되었다. 그때 불쑥 동자가 끼어들며 말했다.

"저, 차사님. 혹시 같은 생각을 해서 그런 거 아닐까요?"

"그런가."

머리를 갸웃하며 여자아이의 앞에 물병을 내려놓았다.

"다시 해보자. 다시 물병을 잡는다고 생각해, 물병을."

내가 물병에 손을 대며 말했다. 여자아이도 물병에 손을 뻗으며 고개를 끄덕였다. 그 순간 내 손에 차가운 물병의 감촉이 선명하게 느껴졌다. 방법을 찾고 보니 어려운 게 아니었다. 생각보다 쉬워 피식 웃음이 나왔다. 그러고 보니 처음에 아이와 빙의될 때도 같은 생각을 하고 있었다. 여자아이가 안 돼! 라고 외치고 있었고 나도 안 돼! 라고 생각하고 있었다. 그래서 아이와 동화되었고 악령을 막으려고 손을 앞으로 뻗었었다.

악령과 싸우던 때를 생각하며 손을 앞으로 내밀자 손에서 파란 불꽃이 일었다. '와, 이게 뭐에요?' 아이의 목소리가 머릿속에서 울렸다. '지옥의 불꽃이다.' 손을 앞으로 당기자 파란 불꽃이 손을 감싸고 일렁였다. '불꽃인데 안 뜨겁네요.' 머릿속에서 여자아이가 물었다. '영적인 것을 태우는 불꽃이라 물질적인 불꽃과는 다르지.' 불길의 힘을 빌려 부정한 것들을 소멸시킨 적은 있지만, 이렇게 불꽃의 형상으로 소환해본 적은 없었다. '처음 한 거라고요?' 여자아이가 놀란 목소리로 물었다. 여자아이의 물음에 아, 빙의가 돼 있었지, 하는 생각이 들자 스르륵 빠져나왔다.

"역시 차사님. 바로 알아내셨네요."

동자가 다가오며 박수를 쳤다.

"다행히 악령과 싸울 방법을 찾은 거 같다."

옆으로 고개를 돌리자 여자아이가 지옥의 불이 신기했는지 손을 앞으로 당겼다 뻗었다 하고 있었다. 불꽃이 나타나지 않자 여자아이가 날 돌아보았다.

"이게 왜 안 돼요?"

"나도 평소에는 안 돼."

손을 들어 보였다.

"빙의되었을 때만 된 거야. 평소에는 힘만 빌려 쓰는 거지 불꽃이 나오진 않아."

"그럼 방금 그 불꽃이?"

동자 신이 물었다.

"맞아. 지옥 불. 본 적 있지?"

동자 신이 화들짝 놀라며 뒤로 물러섰다. 하얀 얼굴이 더 하얗게 질렸다. 그걸 보고 여자아이가 궁금한 듯 물었다.

"그거 무서운 거예요?"

"우리 같은 혼은 지옥 불이 스치기만 해도 소멸될 수 있어."

동자 신이 손을 내저으며 나와 여자아이를 겁먹은 눈으로 번갈아 보았다.

"그렇게 세요?"

"그렇다. 그래서 그때 악령과 싸울 수 있었던 거다."

내가 여자아이를 보며 머리를 끄덕였다.

"근데 불길과 부딪히고도 사라지지 않았다는 건."

"그만큼 악령이 강하다는 거지. 불길이 아니었으면 나도 당해내지 못할 상대다. 그러니 각별히 조심해야 한다."

여자아이에게 말했다. 아이도 사태의 심각성을 알았는지 얼굴이 굳어졌다. 진지한 표정으로 고개를 끄덕거렸다.

"그때 그 친구는?"

"혜원이요? 학원 갔어요."

"부적은 잘 챙겼겠지?"

"한 번 당하고 나니까 말 잘 듣던데요. 한동안 여기서 지내기로 했어요. 좀 있으면 올 거예요. 신장 아저씨들이 돌아가면서 봐주기로 했어요."

"그래. 다른 친구들도 당분간 조심하라고 해라. 그럼 다시 연습해볼까?"

"네. 좋아요."

여자아이가 신이 난 표정으로 다가섰다. 앞에 있던 동자 신이 안절부절 하며 손을 비볐다.

"저, 차사님. 저는 급한 일이 있어서."

겁을 먹은 동자 신이 도망치려고 했다.

"그래, 가봐."

허락이 떨어지자마자 동자 신이 잽싸게 도망을 쳤다. 여자아이와 생각을 맞춰 다시 시도를 했다.

혜수

학교에서 돌아와 씻고 나왔다. 머리를 닦던 수건을 거실 한쪽의 빨래 바구니를 향해 던졌다. 툭 하고 떨어지는 소리가 났다. 집이 조용했다. 할머니는 굿하러 출장 가서 없고, 혜원이는 학원에서 아직 돌아오지 않았다. TV나 보려고 거실에 자리를 잡고 앉았다. 그때 옆에 내려놓은 핸드폰이 울렸다. 폰을 들어 보니 엄마였다.

"응, 엄마. 나 혜수."

"큭큭큭. 지난번 잘도 내 힘을 빼앗았겠다."

전화기를 타고 쇠를 긁는 듯한 목소리가 흘러나왔다. 벌떡 일어났다.

"엄마. 우리 엄마는."

"아직은 살아 있다. 하지만 그리 오래 가진 못할 거다. 네가 빼간 걸 네 엄마로 채울 거니까."

"안 돼."

다급한 목소리로 소리 질렀다.

"네 엄마를 살리려면 9호선 XX역으로 와라. 30분까지 안 오면 더 이상 네 엄마를 볼 수 없을 거다. 반드시 혼자 와야 한다. 그놈이나 딴 놈을 끌고 오면 네 엄마는 끝이다."

악령이 으름장을 놓고는 전화가 끊어졌다.

"그놈이냐?"

뒤에서 저승사자가 스륵 나타났다.

"엄마가, 차사님. 엄마가."

급한 마음에 발을 동동 굴렀다. 저승사자가 머리를 끄덕였다.

"일단 놈이 시키는 대로 할 수밖에 없다. 그렇다고 빈손으로 갈 순 없다. 일단 준비할 수 있는 데까지 해보자."

저승사자가 내게 다가오며 말했다.

녹슨 철문을 밀어젖히자 끼익하는 소리와 함께 공사를 하다 만 지하철역이 드러났다. 군데군데 비상등 불빛에 어렴풋한 윤곽들이 보였다. 플래시를 들어 앞을 비췄다. 공사 자재며 건축 쓰레기들이 플랫폼의 여기저기에 나뒹굴고 있다. 멀리 기둥을 비추자 흐릿하게 기대앉은 사람이 보였다. 불빛을 그곳에 들이대자 엄마 모습이 보였다.

"엄마."

소리치며 그쪽으로 달려갔다. 일순 옆구리에 둔기로 맞은 듯한 충격이 왔다. 비틀거리며 옆으로 불빛을 비추자 시커먼 그림자가 획 하고 지나가는 게 보였다. 순간 바닥에 떨어진 부적이 불에 타 사라졌다. 고개를 돌리자 시커먼 그림자가 엄마의 몸속으로 확 들어갔다. 그러자 기둥에 기대앉아 있던 엄마가 흐느적흐느적 일어섰다. 엄마의 입에서 쇠 긁는 소리가 흘러나왔다.

"큭큭큭. 역시 부적을 잔뜩 가지고 왔구나."

"엄마를 놔줘."

양손에 부적을 쥐고 악령을 향해 달렸다.

"그만 거기까지! 더 다가오면 이 여자 목숨은 없다."

쇠를 긁는 소리를 내던 엄마의 머리가 옆으로 툭 하고 꺾어졌다. 조금만 더 넘어가면 목이 부러질 것 같았다. 놀라 그 자리에 우뚝 섰다.

"그렇지. 그렇게 시키는 대로 하면 돼. 거기에 손에 든 부적들 내려놔."

분하지만 양손에 든 부적을 바닥에 내려놓았다.

"그렇지. 그리고 가방도."

등에 멘 배낭을 벗어 바닥에 내려놓았다. 악령이 입술을 비틀었다.

"몸에 지닌 부적들도 내려놔야지. 양말에 넣은 것까지 다."

악령의 명령에 할 수 없이 주머니, 양말, 소매 속에 넣어둔 부적들까지 모두 꺼내 내려놓았다.

"다른 건 없어?"

"이게 전부예요."

"그래 그럼 손에 든 플래시 내려놓고 천천히 앞으로 와."

악령의 말대로 플래시를 바닥에 놓고 천천히 앞으로 가자 엄마의 모습이 보였다. 엄마는 초점이 없는 눈으로 허공을 응시하고 있다.

"엄마. 엄마."

엄마를 소리쳐 불렀다.

"시끄러워. 소리치지 마."

"우리 엄마 살아 있는 거죠?"

"걱정하지 마. 네 엄마는 너보다 오래 살 거야. 왜냐하면 내가 너부터 집어삼키고 그다음에 네 엄마를 삼킬 테니까."

일순 악령이 갑자기 확 달려들었다. 시커먼 그림자가 날 덮쳤다. 나도 모르게 눈을 감았다. 뼛속까지 차가운 기운이 스며들었다. 저릿저릿하고 시린 기운이었다. 아득하게 정신이 멀어졌다. 하지만 순간 가슴에서 따뜻한 기운이 일면서 차가운 기운이 밀려났다. 눈을 뜨자 시커먼 그림자가 퉁겨나갔다. 그때 주머니 속에서 물병을 꺼내 재빨리 엄마를 향해 뿌렸다. 악령이 화가 났는지 으르렁거렸다.

"부적을 숨기면 네 엄마를 없앤다고 했는데도 부적을 숨겼겠다. 그럼 소원대로 네 엄마를 죽여주마."

악령이 분노에 차서 쩌렁쩌렁 울리게 소리를 질렀다. 잽싸게 엄마 앞으로 가서 막았다.

"부적은 다 꺼냈지. 하지만 십자가 목걸이는 부적이 아니라

"여보세요. 팀장님. 저 김개똥입니다. 예, 지금 바로 이리로 오시면 됩니다."

상황을 눈치챘는지 악령이 도망치려고 뒤쪽의 신장에게 달려들었다. 그러자 주변의 신장들이 모여 함께 악령을 막아섰다. 여러 신장들이 막아서자 악령은 도망치지 못하고 퉁겨나갔다. 하지만 악령은 포기하지 않고 땅속으로 파고들었다. 하지만 이번에도 신장들에게 협공을 당했는지 퉁겨나갔다. 그러자 악령은 도망치려는 듯 위로 솟구쳤다. 신장들이 모여 막아서는 순간 악령이 순식간에 방향을 틀어 신장들 사이의 빈틈으로 쏜살같이 뚫고 날아갔다. 예상하지 못한 상황에 신장들이 당황했다. 악령의 움직임이 너무 빨라 막아설 수 없었다. 따라잡으려고 돌아서는 순간 악령이 포위망 안으로 퉁겨 들어왔다. 돌아보니 때마침 도착한 추격 팀장과 팀원들이 악령을 막아낸 것이었다. 신장들 주변으로 추격 팀원들이 속속 모습을 드러냈다.

"수고했네. 지금부터는 우리가 맡지."

"넵."

신장들이 뒤로 물러섰다. 추격팀들이 악령 주위를 에워쌌다. 그러자 악령이 도망치려는 듯 미쳐 날뛰기 시작했다. 하지만 노련한 추격팀의 반격에 점점 포위망이 좁혀져 갔다. 내가 포위망 안으로 걸음을 옮겼다.

"괜찮겠나?"

추격 팀장이 걱정된 표정으로 물었다.

"해보겠습니다."

저승사자가 내 입을 통해서 대답했다. 포위망 안으로 들어서자 악령이 이쪽을 돌아보았다. 손을 앞으로 내밀고 이름을 불렀다.

"이창민."

저승사자가 부르는 소리가 내 입을 통해서 날아갔다. 그러자 악령 속에서 흐릿한 그림자 하나가 이쪽을 돌아보았다.

"이창민."

다시 부르자 악령 속에서 흐릿한 형상 하나가 반쯤 끌려 나왔다. 악령은 빠져나가려는 혼을 붙잡으려는 듯 끌어당겼다.

"이창민."

저승사자가 세 번째 부르는 이름이 내 입을 통해 날아가자 악령에게서 혼령이 쑥 빠져나왔다.

"회수해."

추격 팀장의 지시에 추격팀 한 명이 재빨리 빠져나온 혼령을 포위망 밖으로 끌고 나갔다. 혼령이 빠져나가자 악령이 발악하듯 달려들었다. 뒤로 물러서며 앞으로 손을 뻗었다. 손끝에서 파란 불꽃이 일었다. 불꽃에 부딪힌 악령이 비명을 지르며 퉁겨 나갔다.

"변구안."

저승사자가 또다시 내 입을 통해서 이름을 불렀다. 그 소리에 악령이 움찔했다. 좀 전처럼 악령 속에서 흐릿한 형상 하나가 돌아보았다. 저승사자는 그동안 악령이 삼킨 혼령들을 하나하나 불러내고 있다. 혼령이 하나 빠져나올 때마다 악령의 힘이 줄어들었다. 마지막 혼령까지 불러내자 악령은 보통 혼령 정도로 힘이 줄어들었다. 그런데도 여전히 도망치려고 미친 듯 추격 팀과 저승사자에게 달려들었다.

"본체만 남은 건가?"

"예. 그동안 악령이 삼킨 것으로 조사된 혼령은 모두 회수되었습니다. 악령의 크기나 위력으로 볼 때 본체만 남은 것으로 보입니다."

팀장의 질문에 추격 팀원이 대답했다. 추격 팀장이 나를 바라보았다.

"혜수 차사, 수고했네. 본체는 우리가 처리하지."

팀장의 말에 저승사자가 뒤로 물러섰다. 그리곤 내게서 빠져나왔다. 내가 한 걸음 내딛으며 풀썩 쓰러졌다.

"괜찮아?"

"괜찮아요. 좀 힘들어서."

저승사자의 물음에 힘들게 웃어 보였다. 그리곤 일어나 비척비척 엄마에게로 갔다. 옆에 쪼그리고 앉았다. 엄마는 아직 정신을 차리지 못하고 있다. 저승사자가 엄마에게 다가와 머리에 손을 얹었다. 혜원이 때처럼 악령의 기운을 빼내려는 듯 싶었다. 잠시 후 엄마가 정신이 돌아오는 듯 눈을 떴다. 나를 보자 깜짝 놀랐다. 주위를 돌아보더니 더욱 놀란 듯 눈이 휘둥그레졌다. 엄마가 부들부들 몸을 떨며 나를 끌어안았다. 엄마의 품에 안기자 안도감으로 눈물이 나왔다. 저승사자가 엄마의 머리에 다시 손을 얹었다. 악령의 기운을 소멸시키려는 듯 주문을 외우기 시작했다.

해수

한 무리의 여고생들이 분식집의 문을 열고 들어왔다. 자리에 앉자마자 주문을 하고 수다를 떨기 시작했다. 어제 그렇게 큰 사건이 있었는데도 그걸 모르는 사람들은 평소와 똑같은 일상을 이어가고 있다. 그리고 나는 분식점 안에서 10분 넘게 부적을 들고 앉아 있었다.

"그 이상한 걸 꼭 먹어야 되냐?"

여자아이의 앞에는 시뻘건 양념의 떡볶이가 프라이팬에서 끓고 있었다.

"어제 그런 일 겪고 나니까 매운 게 엄청 땡기는 거 있죠. 부적 잘 들고 계세요. 맵다고 뭐라고 하지 말고."

여자아이는 포크로 시뻘건 양념이 잔뜩 묻은 떡을 찍어 입에 넣었다. 그리곤 매운 듯 새빨개진 얼굴로 숨을 몰아쉬며, 양손으로 부채질을 했다. 매워하면서도 쉬지 않고 포크로 떡을 찍어 먹었다.

"야, 천천히 좀 먹어."

왼팔에 깁스를 한 애가 포크로 떡을 찍으며 소리쳤다. 동작이 어찌나 빠른지 포크에 한꺼번에 네 개의 떡을 찍어 입에 넣었다. 이 아이도 매운 듯 연신 손 부채질을 했다. 눈에는 눈물까지 그렁그렁 맺혔다. 다른 애들도 똑같았다. 떡 하나를 먹고는 연신 물이며 음료수를 마시며 힘들어했다. 다들 매워서 어쩔 줄 모르면서도 계속 먹는 게 도저히 이해가 가지 않았다.

"이렇게 매운 걸 왜 먹냐?"

"매우니까 먹죠."

여자아이가 콧잔등의 땀을 손으로 쓱 훔치며 대답했다.

"이 집 정말 맵다."

깁스를 한 애가 입안의 떡을 오물오물 씹으며 말했다. 그리곤 입속의 떡을 꿀떡 삼키고 나서 다시 포크로 네 개의 떡을 찍어 입에 넣었다.

"다들 매워 힘들어 하면서도 왜 이런 걸 먹는지. 참 이해가 안 된다. 이해가 안 돼."

"매워야 스트레스가 풀리거든요. 나만 그런 거 아니에요. 다른 사람도 다 그래요. 그니까 부적 잘 들고 계세요."

매운 입을 후후 불며 여자아이가 말했다. 그나마 다행인 게 악령하고 싸울 때 기척을 없애는 부적을 썼었다. 그 부적이 아이의 감각을 차단한다는 걸 알았다. 그 부적을 들고 있는 덕에 아이가 떡볶이를 먹는 첫입만 매웠고 지금은 매운 걸 느끼지 못하고 있다. 그래도 계속 지켜보고 있는 탓에 아이가 떡볶이를 먹을 때마다 좀 전에 화끈거리던 매운 느낌이 떠올라 몸이 부르르 떨렸다.

그런데도 가게 안은 빈자리가 없을 정도로 손님이 가득 찼다. 매운 떡볶이로 유명한 집인 듯 테이블마다 시뻘건 떡볶이가 끓고 있고, 들어오지 못한 손님들이 밖에 줄을 서 기다리고 있다. 참 매워하면서 먹는 사람들이 이상했다.

"난 그만."

한 애가 의자에 등을 기대며 포기를 선언했다. 냅킨으로 얼굴에 흘러내리는 땀을 연신 훔치며, 물을 계속 들이켰다.

"나도."

"나도."

다른 애들 둘도 포기하며 물러섰다.

"야, 천천히 좀 먹어."

깁스를 한 애가 째려보며 연신 포크질을 했다.

"너나 천천히 먹어."

여자아이가 지지 않고 포크질을 하며 대답했다.

"난 팔 다쳤잖아."

"왼팔이라 먹는 데 상관없잖아."

"역시 안 통하는군."

둘은 말다툼을 하는 내내 경쟁하듯 시뻘건 떡을 찍어 먹었다. 그리고는 매워서 어쩔 줄을 몰라 했다. 어느덧 떡볶이가 바닥을 보이기 시작했다. 여자아이가 포크로 마지막 떡을 찍으려고 하는 찰나 깁스를 한 애의 포크가 잽싸게 떡을 채갔다.

"야."

여자아이가 항의했지만 깁스를 한 애는 잽싸게 떡을 입에 밀어 넣었다. 그리곤 매워 후후거리면서도 기분이 좋은 듯 씩 웃었다.

"다 먹은 거냐?"

"예. 아직 부적 내리지 마세요."

여자아이가 기다리라는 듯 손을 저었다. 그리곤 유산균 음료를 입에 물고 있다가 천천히 삼켰다. 두어 번 같은 행동을 한 뒤에 내게 고개를 끄덕였다. 부적을 내려놓자 좀 전처럼 맵지는 않았지만 아직 입안이 화끈화끈했다. 계속 얼얼한 게 느껴졌다.

그때 겁이 많아 보이는 것 같은 애가 말했다.

"근데 혜수야, 악령은 정말 없어진 거야? 없어진 거 맞죠?"

겁먹은 눈으로 여자아이를 쳐다보고는 다시 내가 있는 쪽을 흘끔 보았다. 6인 테이블에 여자아이와 친구들이 앉아 있고 빈 자리에 가방을 모아두었다. 나는 가방 속에서 부적을 들고 앉아 있는데 사람들의 눈에는 가방들과 종이만 보일 것이다.

"그렇다니까. 이 언니가 딱."

여자아이가 내 눈치를 힐끔 보더니 고쳐 말했다.

"이, 아니고 차사님 작전대로 악령을 잡아서 처리하는 걸 내가 봤지. 소멸시켰어. 흔적도 없이 깨끗하게."

마치 눈앞의 악귀를 두 동강 내듯이 손으로 허공을 갈랐다.

"어떻게?"

깁스를 한 애가 궁금한 듯 물었다. 여자아이가 날 힐끔 쳐다보았다. 얘기해도 된다고 내가 고개를 끄덕였다.

"첨부터 차사님이 빙의된 상태로 간 거지. 기척을 없애는 목걸이를 하고. 신장들은 배낭 안에 봉인해서 모르게 하고."

"그래서?"

깁스를 한 애가 눈이 반짝반짝해서 물었다.

"예상한 대로 부적이랑 배낭 다 내려놓으라고 해서 내려놓으니까 악령이 달려들었지. 싸우다 기회 봐서 엄마한테 성수 붓고. 약 올리니까 죽인다고 달려들더라고. 그때 목걸이 부서지니까 차사님이 나와서 끝내셨지. 한 방에."

사실과는 다르지만 여자아이의 으쓱이는 표정에 그냥 두기로 했다.

"아, 다행이다."

겁이 많아 보이는 애들 셋이 앞으로 손을 모으고 안도의 한숨을 쉬었다.

"아씨, 그럴 때 부르지."

깁스를 한 애가 아쉬워했다.

"가봤자 넌 아무것도 못 봐. 보통 사람 눈에는 안 보여."

눈앞에 손을 흔들며 안 보이는 걸 표현했다.

"그래도."

깁스를 한 애는 정말 아쉬운 듯 입을 오므렸다. 그걸 보며 여자아이가 피식했다.

"다 먹었으면 가자."

"그래."

아이들이 의자를 밀며 일어섰다. 카운터로 우르르 몰려가 계산을 했다. 밖으로 나오자 친구 하나가 가방을 메며 여자아이를 돌아보았다.

"우린 학원 갈 건데 넌 어떡할 거야?"

"난 여기 오셨으니까 커피 마시러 가야지."

여자아이가 옆에 있는 날 가리키며 말했다.

"그래, 그럼. 우린 갈게. 저희 갈게요."

친구들이 내가 있는 쪽을 향해서 고개를 숙였다.

"데이트 잘해."

깁스를 한 애가 혀를 쏙 빼물었다.

"그런 거 아니라니까."

여자아이가 약이 올라 붉어진 얼굴로 동동거렸다. 친구들이 손을 흔들며 멀어져갔다.

"가시죠."

먼저 앞장서서 여자아이가 걸어갔다. 그리곤 10분쯤 걸어 어떤 카페로 들어갔다. 창 앞에 커다란 화분들이 놓여 있는 깨끗한 카페였다. 음악 소리도 나직했다. 주문한 커피를 받아들고 구석에 자리를 잡았다. 내가 여자아이의 맞은편에 앉았다. 여자아이는 핸즈프리를 귀에 꽂고 핸드폰을 테이블 위에 놓았다.

"뭐해?"

"이렇게 하면 혼자 말해도 사람들이 통화하는 줄 알거든요."

귀의 핸즈프리를 톡톡 두드리며 여자아이가 말했다. 그리곤 잔을 들어 커피를 한 모금 마셨다. 나도 여자아이를 따라 잔을 들어 커피를 한 모금 마셨다. 진한 커피의 향이 느껴졌다.

"음 역시 좋아. 이건 어디 거야?"

"게이샤요. 요즘 제일 인기 있는 거래요."

"그래? 그래서인지 다른 커피보다 향이 풍부하네."

"그렇죠. 게다가 여기 바리스타님이 세계대회 우승까지 한 분이래요."

"그래? 기특하네. 이런 곳까지 찾아올 생각을 다하고."

"저랑 우리 엄마 구해주셨는데, 이 정도는 해드려야죠."

여자아이가 생긋 웃으며 커피를 한 모금 마셨다. 같이 커피를 마시고 맛을 음미했다. 여자아이가 궁금한 표정으로 물었다.

"그때 다치신 친구 분은 어떠세요?"

"문규? 괜찮아. 일단 소멸은 면했으니까 차차 회복될 거야."

아침에 병실을 들러보니 문규가 깨어 있었다. 끊어진 허리도 연결되어 있었다. 다시 예전처럼 되려면 시간은 걸리겠지만 죽지 않는 사자들이니 그런 건 아무 문제가 되지 않았다. 화정 차사가 자주 병실을 들락거리는 게 이번 일을 계기로 다시 만나는 눈치였다.

"차사님 덕분에 저랑 엄마, 혜원이 다 무사할 수 있었어요.

다시 한 번 감사합니다."

여자아이가 웃으며 날 향해 고개를 까닥 숙였다.

"나 혼자 힘이 아냐. 나도 네 덕분에 놓친 악령에게 삼켜진 혼령들을 구하고, 악령을 소멸시킬 수 있었다. 그러니 나도 네게 감사를 해야지. 위험한 일인데도 믿고 따라줘서 고맙다."

여자아이와 서로 흐뭇하게 쳐다보았다.

"넌 이제 어떻게 할 거야?"

아이의 앞날이 궁금해 물어보았다.

"할머니에게 정식으로 배워보려고요."

여자아이가 손을 꼼지락거리며 말했다.

"점이랑 굿이랑 이런저런 거. 차사님은요?"

"난 일단은 휴가야. 휴가가 끝나면 다시 예전으로 돌아가겠지. 망자들 인도하는 일로."

"저랑은요?"

여자아이가 두 눈을 동그랗게 뜨고 물었다.

"아마, 자주 보겠지? 무당과 신장 관계가 없어진 게 아니니까. 강령굿 같은 거 하면 부를 거 아냐."

"그렇죠."

"아침마다 스케줄 알려줄 테니까 거기 맞춰. 뭐 그건 나중 일이고. 지금은 지금 일에 충실하자고. 일단 커피부터."

"네."

여자아이가 대답하며 커피를 한 모금 마셨다. 그리곤 바로 삼키는 게 아니라 입에 물고 있다. 한동안 물고 있던 커피를 삼키자 입에 향긋한 커피 향이 남았다.

"음 이러니 또 다르네. 좋아."

내가 눈을 감고 의자에 기대앉았다. 여자아이가 웃음 띤 얼굴로 쳐다보았다. 조용한 음악이 두 사람의 주위를 감싸고 흘렀다.

에필로그

어슴푸레한 불빛이 통로를 비추고 있다. 전동차가 지나가자 주위가 일순 밝아졌다가 다시 괴괴한 어둠에 잠겼다. 어디선가 벌어진 틈 사이로 물이 뚝뚝 떨어지고 있다. 규칙적이고 간헐적인 소리 사이로 사람 그림자가 나타났다. 남자는 공사 중인 지하철역을 이리저리 배회하더니 한 곳에 멈춰 섰다.

"어린 무당과 저승사자라. 재미있군. 크크크큭."

어둡고 축축한 터널 사이로 음산한 웃음소리가 울려 퍼졌다.

작가의 말

이번 이야기는 어떻게 쓰게 되었나 하면요. 응… 그냥 생각났어요. 사실은 도깨비의 이동욱이 너무 멋있어서, 나도 저렇게 멋있는 저승사자를 써보고 싶었어요. 그러다 무당하고 저승사자가 연결되면 어떨까 하는 생각이 들었죠. 그리고 그 무당이 여고생이면.

거기까지 생각하고 나니 얘기가 술술 풀렸어요. 아마 이 책을 읽으시는 분들은 등장인물들이 누군지 눈치채실 거예요. 팬입니다. 연락주세요.^^

이 책이 나오기까지 노력해주신 강수걸 대표님과 권경옥 편집장님, 박정은 팀장님, 그리고 산지니 여러분들께 감사드립니다.

2021년 3월
임정연

임정연

2003년 서울신문 신춘문예에 당선되어 데뷔했다. 제1회 서울문화재단 문학창작기금, 아르코 창작기금, 한국문화예술위의 창작기금 등을 받으며 글을 썼다. 지은 책으로 단편집 『스끼다시 내 인생』, 『아웃』, 『불』과 장편소설 『질러!』, 『런런런』, 『페어리랜드』, 『지옥 만세』 등이 있다.

신불산 안재성 지음

나의 아버지 박판수 안재성 지음

나는 장성택입니다 정광모 소설집

우리들, 킴 황은덕 소설집

거기서, 도란도란 이상섭 팩션집

폭식광대 권리 소설집

생각하는 사람들 정영선 장편소설

삼겹살 정형남 장편소설

1980 노재열 장편소설

물의 시간 정영선 장편소설

나는 나: 가네코 후미코 옥중수기 조정민 옮김

토스쿠 정광모 장편소설

가을의 유머 박정선 장편소설

붉은 등, 닫힌 문, 출구 없음 김비 장편소설

편지 정태규 창작집

진경산수 정형남 소설집

노루똥 정형남 소설집

유마도 강남주 장편소설

레드 아일랜드 김유철 장편소설

화염의 탑 후루카와 가오루 지음 | 조정민 옮김

감꽃 떨어질 때 정형남 장편소설

칼춤 김춘복 장편소설

목화: 소설 문익점 표성흠 장편소설

번개와 천둥 이규정 장편소설

밤의 눈 조갑상 장편소설

사할린 이규정 현장취재 장편소설

테하차피의 달 조갑상 소설집

문학/비소설

걷기의 기쁨 박창희 지음

미얀마, 깊고 푸른 밤 전성호 지음

오전을 사는 이에게 오후도 미래다 이국환 에세이

사다 보면 끝이 있겠지요 김두리 구술 | 최규화 기록

선생님의 보글보글 이준수 지음

고인돌에서 인공지능까지 김석환 지음

지리산 아! 사람아 윤주옥 지음

우리들은 없어지지 않았어 이병철 산문집

닥터 아나키스트 정영인 지음

시로부터 최영철 산문집

이렇게 웃고 살아도 되나 조혜원 지음

무위능력 김종목 시조집

금정산을 보냈다 최영철 시집

일상의 스펙트럼 시리즈

블로거 R군의 슬기로운 크리에이터 생활 황홍선 지음

어쩌다 보니 클래식 애호가, 내 이름은 페르마타 신동욱 지음

베를린 육아 1년 남정미 지음

유방암이지만 비키니는 입고 싶어 미스킴라일락 지음

내가 선택한 일터, 싱가포르에서 임효진 지음

내일을 생각하는 오늘의 식탁 전혜연 지음